ちくま文庫

幸福はただ私の部屋の中だけに

森茉莉
早川茉莉 編

筑摩書房

もくじ

第一章　楽しさのある生活

第四章　人生の素晴しい贈物

幸福はただ私の部屋の中だけに

第一章　楽しさのある生活

青い大判のレポート用紙の裏に
サインペンで描いた自画像

楽しさのある生活

私は別に自慢《じまん》をする訳ではないが、どうやら生まれつき楽しむことが上手に出来ているらしい。それはえらいからでも、すぐれているからでもなくて、むしろぬけているからと言う方が当たっているようである。年にしてはおかしいくらい楽しんでいる。自分では特別変わった人間だとも思っていないけれども、自分自身が愉快《ゆかい》なようにして暮らし、愉快なように部屋を飾って、部屋で空想《くうそう》を浮かべてみたり（別にスフィンクスの謎やモナリザの謎ではないし、カントやショウペンハウエルの瞑想《めいそう》では尚更ないが）散歩をしたりして、何かしらん想い浮かべたことを書きつける、と言うような生活をしている人は女の中にはことにあまり多くはなくて、周囲《しゅうい》の女の人の暮らしと比べてみると随分《ずいぶん》変わっているようである。世間の女の人の暮らしは大体似ている。

私は生まれつき考えに枠がない。だから楽しい。子供が朝起きると忽《たちま》ち楽しくて、何か解らない歓声《かんせい》をあげて走ったりするのは心に枠《わく》がないからである。悪いことをする訳《わけ》ではないが考えに枠がないから心が自由である。日常生活も、何をするのも下手なために変わっていて、人には滑稽《こっけい》に見えるらしいが、自分では楽しい。

経済的《けいざいてき》に大変なのに下着以外は、どうかするとソックスまでクリィニングに出す。幾つになってもお洒落《しゃれ》で、スーツやオーバーが買えない代わりに、ハンカチ、セーター、ソックス等を幾種類も買って来る。月に一度位化粧品《けしょうひん》を買いにデパートに行くが、そんな時せめてという訳で、奇麗なタオルなどを洋服を選ぶくらいの熱心さで選んで夢中になっている。私くらいの年になれば上等の石鹸などは使わず、金がなければないで、これでもスーツはスーツ、というようなのでもスーツを買い、ハンドバッグもパンプスも形だけは揃《そろ》えるのが常識《じょうしき》である。

着るものがちゃんとしていない代わりに料理にそう金はかけないが相当贅沢《ぜいたく》な味のものを造《こし》らえる。大根は半月に切って、じき鰹《がつお》で醤油《しょうゆ》と清酒でさっと煮る。

卓子《テーブル》の花も、薄紫《うすむらさき》のヒース、淡黄や白の細かい花、紅い小さな百合、罌粟《けし》、アネモネなどの、青春を謳《うた》っているような花束である。大体中老の人には中老の人らしい楽しみというものがあるらしいが、私のはそういうような落ちついたものではない。人間の心は外からは見えない。又私も女らしいいろいろの心持ちや常識を持っていることは他の女の人と同じなので、その面でおつきあいしているから、誰にも私が変わった考えを持っていることは解らない。周囲《しゅうい》の奥さん達に交っている私を見ると、たとえば可憐《かれん》な十姉妹《じゅうしまつ》や雀、或は奇麗な金鶏鳥のような鳥の群の中に、茶色に黄の模様のある大きな鳥がばさばさやっているようなものである。

私のように自分が愉快《ゆかい》になるのでなく、他人を幸福にしようとしている人もある。だがその人がもし本物《ほんもの》なら、そうすることで自分自身がしんから楽しいのだろうと思う。私のような人間も、自分が楽しんだ上で他の人も楽しくさせようとしてはいるが、それはとても楽しいものである。落ちついた、つつましい規律《きりつ》のある生活をしている奥さん達の幸福を希《ねが》いながら舞っている、黄色の斑点《はんてん》のある茶色の鳥のような、私である。

硝子の多い部屋

《工房の秘密》というほどでもないが、私の何か書く部屋は何となく硝子で出来たものが多い。

私の部屋を見廻してみると、厚い遮蔽《しゃへい》用のカアテンで囲まれているし、どことなく囲いの中のようで、いやみな言葉でいうと秘室の感じである。大体囲いの中にすっぽり入りこんでいるのが好きで、明るくもなく、外と断絶したところにいると気が落ちつくたちであって、何か書く生活でなくても同じようにしていると思う。囲いの中には部屋一杯の寝台《ベッド》がデンと据わっていて、二六時中その上にごろ〳〵している。何かたべる時以外は草叢に長くなっていたり樹に引っかかってだらりとしている蛇のようなものである。囲まれた中に入りこんでいたいのは胎内記憶の強い人間だそうで、若い時から帳場格子に憧れている。どこかの田舎で昔の大店《だな》の帳場格子を見つけて寝台の上において、がっちりした格子の中についている机に原稿紙をおいて、そこで書いたら、今よりもっとましな、いや、大傑作が出来そうだと思っている。今の寝台がモイラ（甘い蜜のへやの中の女）の寝台のように四方に赤ん坊用寝台のように棚がついていないのが不服である。寝台の上も下もあらゆるものがごた〳〵している。その中で特筆しておきたいのはコックテエル、ピーナッツの空罐。ヴァージニアでとれたピーナッツの罐で、殻に入ったピーナッツに顔がかいてあって、燕尾服を着たマアクが描いてあり、あとは濃いブルウに一面に白と薄黄とのアメリカ語のアルファベットで埋まっている。その中にフランス製の櫛、黄金《きん》色のクレヨンのサインペン、が挿さっていて底には伯林《ベルリン》のモザイクの頸飾りと、渋い黄金色の、十字架のペンダントがとぐろを巻いている。ホワイト・ホースのウヰスキイを入れ、氷をぶちこんで飲むための洋杯《コップ》は鑵入りの大関の空鑵。側面に、薬鑵や試験管についているような150瓦《グラム》までの目盛りがついていて、子供の頃いつも枕元にあった薬鑵、花畑の部屋の記憶に、濃く繋がっている大関の鑵は大好きな洋杯である。これを呑む人が目盛をみて50瓦で止めておこうと思うなんていうことは考えられないが不思議なことであって、大関の鑵詰工場は私という変った人間に素晴しい功徳をほどこしたというものである。笹の葉とも一寸違う白い斑のある葉、黄色い西洋水仙、クリイムがかった薄紅の薔薇、なぞを挿す罎はピックルスの空罎。柔かな菫色の菫が散っている紅茶々碗、白、薄緑、黄、紅の金米糖《こんぺいとう》の入った硝石罎、なぞが雑然と並んでいる向うには、ボオル箱に入った新聞や雑誌の切り抜き、保存用の新聞、雑誌の山がある。これは小説のイメェジ用で、それなしでは小説を書く気にならない私にとっては必需品である。飲用水を入れたヴェルモット（白）の空罎と、暗い樺色、ミルクチョコレェト色、黄色の太い蠟燭、薄緑の巨大な壺の形の罎に挿した化けもののように大きな紙製の薔薇、イングランド製のペンギンと梟との合の子のぬいぐるみなぞは花とともになくてはならない装飾品である。（みのりという前衛舞踊の踊り手がボストンで買ったものだ）大体こんな有様で、このガラクタの群が私の美的生活を形づくっているが、硝子が多いのは、私自身も、私の描く主な人間も、なんとなく曇り硝子のような人間なので、硝子が多い私の部屋においてあるものが、又、それを歓びを潜めて、茫《ぼう》として視ていることが、私の工房の秘密かも知れない。

好きな場所

現在《いま》、私の一番好きな場所は本、雑誌、新聞の山、ポスター、暦の巻いたの等々の下にだか、中にだか湮滅していて、（悪事の証拠ならいいが）その内、どの位先《さ》きの内だか不明であるが、今はどれより好きな一つの小説が終ったら、手伝うという人もいるから片附けて、再び硝子や瀬戸物に夜の燈火がちら〱光り、アニゼット、ヴェルモット、コーラ、あらゆる空壜が無感情の美と、中に何かが在るのか、又は無いのか、わからない不思議さを競い合い、想い出の草花の塊が化けものか煙のように、よごれた黄色の壁にぼおっと映り、レモンやトマト、薄水色のリプトン紅茶の罐、黄みのない緑色の柄の罐切り、酒精《アルコオル》、揮発油《きはつゆ》、単舎利別《たんしやりべつ》の入った壜の誘惑的な透明、等々の、私にはエロティックな美が私をとり囲む曾ての《わが夢を見る部屋》を再現しようとたくらんでいる。この全部繋がったセンテンスの長い文章を見よ。私の心臓は大変に丈夫らしいのである。

森の中の木葉梟《このはずく》

私は大分前から、もう三年以上になるが、毎日三百六十五日、三つの同じ場所に存在している。住んでいるのは壊れかけたようなアパルトマンの中の一つの部屋だが、邪宗門というのと、アラビカという二つの店に毎日行くからである。ところで私の生活には住んでいるという感じはなくて、棲んでいるという方が似合っている。毎日窓をあけて掃除をし、開けた窓には尖端《さき》が十何本かに分れた、ジュラルミンだかアルミニウムだかの細い棒の、その一つ一つの尖端にソックスや半巾が風に揺れ、その下の窓際には大バケツの中に固く絞り上げた、これから外へ干しにゆくべき洗濯物が入っていい、片附いた部屋の中には書物机《かきもの》、辞書、原稿紙、ペン皿、が置かれ、壁には仕事の予程表と、カレンダアが止めてある。座蒲団の脇には来信と返事を出すべき郵便物が二つの箱に分けて入れられている、もうきりがないが、私の部屋にはそういう装置は何一つないからである。来信も本の小包みもいつ来たのか、判明しない、それらはどこかにあるのであって、何だかかんだかがそこらにあり、小説のための（ご執筆中の）映像《イメエジ》用のあらゆる外国人、日本人、映画俳優、女優の写真、部屋の写真、鳥、薔薇、他の花、いろいろな場面、いろいろな表情をした海、雲、古い外国の台所道具、料理、指輪、宝石、女の洋服、靴、贅沢な帽子、神を信じている善良な家族たちなぞの写真、たとえば、奸悪な顔、（この奸悪な顔はノオマン・メイラアが薄ら笑っている顔である）塀際に佇んで聴き耳をたてている、なにごとかを企らんでいる若い女の写真、（これはラファエル以前の名のよくわからない画家の画である）宗教の匂いのする男の顔＝これは佐久間良子と結婚した平幹二朗の、扮したファウストの顔である＝きよらかでつつましい女の肖像、不透明な、曇り硝子のような、悪人ではないが悪人より奸悪な、それでいて女の幼児か、ミルクを「もっと」と言っている小犬のように可哀らしい人間の顔、（これはピータア・オトゥウルの、なにものかをはらんでいる大きな眼を、曇り硝子のように光らせている、ヘンリイ二世の顔である）胸の奥底深く恋を隠し潜めているために額に、鼻の両脇に、頬に、唇《くち》の周辺に、苦しみの蒼い色を塗っている男の顔（これはポワチェのいろいろな役の顔である）狂的に恋をしている、嫩《わか》い馬のように美しく、父親や母親、友だちに深く愛されている男（これはアンソニイ・パアキンスのさまざまな顔である）醜くて、嫉妬深い雇人の顔、賢《かしこ》い料理人《コック》の顔、自分をわかる人間にしか笑い顔を見せない、静かで、寂寥がひそみ、小鳥と花、素直で柔しく、つつましく、母性的な女、しか愛せない、身じまいの清潔な、園丁、（これはシャルル・アズナヴゥウルのさまざまの表情である）いくらか馬鹿で、一応美人で、神経の荒い女の顔、（これはあるアメリカ女優の顔である）可哀い、父親や青年、夫、園丁、なぞの恋心を、自分のものにしていて、それらを絶えずむさぼり喰っている愛の肉食獣のような若い女の顔、（これもピータア・オトゥウルの、自信に満ち、下目遣いに拗ねているような、「何かいいことないか小猫ちゃん」の中のデザイナアの顔である）恋心をひそめている、強くて、ストイックな嫩い男の部屋にありそうな、板壁の上の額、椅子、松ぼっくり、穴のある、大きな海で拾った石、鋭く尖った魚の骨のような形の貝、西洋将棋の馬の首、乾かした植物の入った壜、等々々々、そういう種々雑多な大量の写真が重なった上に厚い手ずれた本があり、（これは、この本の上に原稿紙を載せて書くと不思議に小説が書ける本で、それは慶光院芙沙子の詩集で、厚みと、一種のたしかさ、固さがあり、たより甲斐のある量感を持っている、不思議な本なのである。大変に確りとした製本だかららしい。）その本の上には現在書きつつある書きかけの原稿紙と、黒、黄、のジャンボペン、紅と緑のインクの出る安ものペンが四本。（本と本の下の、写真の重なりとの間には百二十四枚の小説の出来上った部分の原稿紙が重なっている）この膨大な堆積《たいせき》の上に四本のペンの載った固まりが、最も大切なものとして、壊れて半永遠に止まった置時計の上に載って私の膝の右脇にある。（この置時計は何かの出版社の記念会で貰ったがっしりしたもので、何故半永久に静止しているのかというと、放っておいても殆ど三年以上動く筈になっているらしいのが止まってしまい、それを持って行けば無料で修理してくれることになっている紙切れが紛失し、近所の時計店の男には修理不可能であって、それを抱えてハットリ時計店に馳けこむ日は未来の中のどの日か、到底そのように厄介なことは私には出来そうもないからなのである）この固まりと、書物と新聞の山にたてかけてあるパアキンスとピータアとの大写真、常用のトワイニング紅茶の大鑵。膝の左脇には手紙、取っておくもの、紙幣なぞが、ごちゃごちゃに入った箱の上に週刊誌がきれいな色の裏表紙を上にして置かれ、その上に原稿紙の書き損じ、包んだ野菜切り用のナイフ、鑵切り、茶漉し、改源の散薬を包んであった紙（緑色の小さな字がある）できれいに包んだ大匙（スウプ、シチュウ用）、同じく改源の紙で包んだ小匙（紅茶、ミルク用）が手術用《オペラチオン》のメスやピンセットのように並んでいる。その他、紅い葡萄酒のように透った容れもの（小島喜久江のくれた）に入ったグラニュウ糖、湯ざましの入った酒精の大壜、コンデンス・ミルク、エヴァミルク、でんぶの罐（これは暇のない時、そば屋の御飯にふりかけて急いでパクつく為のもの）白いモオニング・カップ、紅い小さな薔薇と緑の葉のついた紅茶茶碗、食卓塩、ごく小さなヴェルモットの空壜に入った醤油、錠剤の壜、紅茶用の小薬罐。味の素の入った罐、（これは十年前に宮城まり子のくれた大森の海苔の空罐）胡椒の壜、使っては忽ち捨てる割箸、薬が載せてある大阪の雑誌を並べて積んだ山。寝台《ベッド》の下の雑誌の山の上の、ボオル箱に入った髪道具、香油（香いのない大島椿）、口紅、クリイムの代りのトフメルA（これは巴里のクリイムやホルモンとか、なんとか入りのあやしげな、馬鹿高いクリイムよりずっと顔をきれいにするラノリン入りの薔薇色の練りものなのである）手術用の尖端がきれいなカァヴで曲った爪截り鋏等。紙屑を入れる厚い紙袋。その他書物、ビニイル袋入りの衣類の載った大きな竹製の、進駐軍の引揚げ家族が売り払ったのを買って来た、肱かけ椅子。これらのものが周囲を取り巻いていて、洗濯した下着は部屋と台所の土間との境界にぶら下るが、このごろは殆ど影が無い。下着は紙袋に入れて、焼却することになっているらしい塵埃屋にやるバケツに捨てて、代沢湯に行く度に新品を着る。（足袋や下着、半巾の類は新品を嫌厭していて、一度洗濯して干したものが、爽やかで、しっとりと脚や体を包むのであるが、現在はいたしかたがな

い）

つまりこういう、火事で焼け出された人が仮り住居でやるような装置の中に座っているのであるから、住んでいるとはいえない。なんと言っても棲んでいるのである。今、書いている小説が非常に苦しいために、硝子の壜や枯れた花の、素晴しい部屋は消え去ったのである。その上にその固まりや堆積の真中に座っている私が、部屋の中にいる時でも、毎日行く邪宗門、アラビカにいる時でも、道を歩いている時でも、（この道は冒頭にも書いたように、倉運荘と邪宗門とアラビカとをつなぐ、平べったい三角形を形造っている道で）私はこの三つの建物の中のどれかに入っている時間の他は、この三角形の道の上のどこかを、暈《ぼんや》りとして歩いていて、何を考えているのか、何を見ているのか、一向判然しない目玉を据えているのである。それであるから、棲んでいるというのである。まるで深い、大きな、森の中の大きな樹の洞の中に凝として、目を据えている木《こ》の葉ずく（可哀い梟《ふくろう》の一種である。自分では可哀いと思っている。私をよく識り、愛していてくれる＝殆ど女の人間＝人々も可哀いと言うので、誰がなんといっても可哀いのだ）のような私である。湿った土や、湿った木の葉に包囲された森の中のような棲み家《か》であるし、歩く道が定《き》まっているのも森の小動物のようである。

小説の、拷問のような苦しみ（他にも拷問のような個人的問題もある）の中にいて、部屋の装置を気に入るようにして、そこにいるという歓びもなく、洗濯した新しい下着を着たり、ハンケチをもつ歓びもなく、焼け出された、一寸清潔《きれい》好きで神経質で、食いものにも神経質な人間の仮住居のような状態であるが、義理にも住まっているなんていえないのである。

しかも父親がとうに死に、室生犀星が、この苦しい小説を前の方も出来上らない内に死に、さき一昨日《おととい》、三島由紀夫が死んだのである。（三島由紀夫は自分で無理に死んだ。自分で無理に死んだ理由は私には明瞭にわかるが）この私の大切な、可哀い小説、（その中には面白い、肉食獣のようなモイラ＝女主人公の女の子＝がずっと棲んでいる）を誰より歓んでくれる三人の人間は全部死んだ。私の小説を認めていてくれ、歓んでくれる吉行淳之介、野上彌生子、この小説が出来上るように祈ってくれている宮城まり子。私の小説を愛し、この苦しい小説の山来上るのを、咽喉が乾いた人のように待っていてくれる、新潮の中の三人の人、藤田民代、中野（名が出てこない）、永松（これも名が出てこない）、中山としみ（これは三島由紀夫と私との大変なファンで、三島由紀夫の死を予知し恐れていた女の子）等々の人々だけが今では私の「生き甲斐」つまり、私の「小説の書き甲斐」として残っている。

私は今父親の死と、室生犀星の死と三島由紀夫の死とに囲まれて、まっ暗な闇の中にいる。それでなおさら私の生活は森の中に棲む梟のようになっている。

ぜい沢は自分の気分で出せる

わたしは最近、一間のアパートから、ようやく二間のアパートに引越した。大体わたしは面倒臭いことは嫌いだし、節約も大嫌いなのだ。貧乏臭いことも嫌いだ。特に電気類の操作はこれも面倒臭くて苦が手だ。このわたしが、二間の部屋に移ってから、書斎のルームにいる時は、何故か玄関とダイニングルームの電気は消している。電気がなくなったら、折角のご馳走も見えなくなる。出版界に紙がなくなったら困る。そんなことが頭にあるからだろうか。わたしにとって一番大事な書く仕事の場は明るくしておかねばならない。我ながら健気《けなげ》な気持なのか。もっともわたしはぜい沢は自分の気分で出せるから、節約とか何とかで痛痒《つうよう》を感じない。世間のそういった話は陰惨に聞こえて仕方がない。政治家が出張してやっている外交などは、陳腐《ちんぷ》で涙《なみだ》が出る。物質を確保すればすべては足りるこの時代は、やはり確実に亡びに向かっているし、長髪の若者はだから遊んじゃっているのだ。

エレガンスを考えよう

人からきいて、優雅とはこういうことだときめたり、評論家が書いていたから、そういうものだろうと思ったりして、そんなように装ったり、そういうように生活している人は、一番優雅から遠い人だと思うんです。何々流の活け花ではなくて、無雑作な自分流の投げ入れがいいというのを讀んで自分流に花を活け、流行にこだわるのはいけないときいて、あっさりしたお化粧をしていても、その人が優雅な人になったわけではないのでむずかしい。優雅な人というのはそういう風に、優雅になろうとやっきになるようなことがなく、なんとなく生れつきふわっとした心を持っていて、人生如何に生くべきか、なんてしゃっちこばらない人じゃないでしょうか。巨人のN選手はファイトもあり、細密な頭脳で計算をし、敵の裏をかく戦略にも長けた勝負師ですがどこかぽかっとしたところがあって、いい球を打つと子供のように喜び、談話も饒舌になります。N選手は優雅な選手だと私は思います。知っている人では詩人で作家の富岡多恵子は優雅な人だと思います。

大変な部屋

この八年というもの、私の部屋は一口には説明の出来ない大変な様相を呈している。八年前に今書いている長い小説を書きはじめてから、私の部屋は変った。それまでは、全く光を透さない濃い、毒薬の壜のような暗緑色の濃く透った緑、色の無い透明な硝子とあまり違わないごく薄い緑などの、さまざまな色の壜が窓の硝子戸を背に透っていた。ヴェルモットの空壜には、乾燥した薄紫のスタアティスが挿してあり、アニゼットの淡い薄緑は、時にはその後《うしろ》にあるアネモオヌの紅い色とか、蠟燭の炎をぼんやりと映していた。室生犀星がくれた黄金《きん》の栓の角い壜、濃い藍色の壜（この壜は日本の古代の曲玉《まがたま》の色か、硝子の製法が支那だか、印度だかから伝わったころの、原始的な、ビイドロとか、ギヤマンと言われていた硝子のような色をしている）などもあり、紅茶茶碗は、白地に菫を散らした模様で、砂の色をした胡椒や、麻薬のようにキラキラと光る、食塩や、湿り気のある、重い白い色の砂糖も、それぞれ透明な壜の中に透っていた。薄水色のリプトンの鑵、葡萄酒の滓《かす》で染めたような、というより、造る時に間違って何かの色が紛れこんでしまった、というような、ごく薄い葡萄酒色の洋杯《コップ》、それらのものが、私の感覚を少しも苛々させぬ美を現わしていた。壁にはボッチチェリの女神。小簞笥の上には緑色の枠に入ったプルウストの胸までの肖像《ポルトレ》と、私の父親の軍服の写真（日露戦争時代のもの）。硝子戸棚の上にはドオデのJack、父親の独逸日記、ピエェル・ルイのナンフの黄昏《たそがれ》、ジョルジュ・ロオデンバッハのブリュウジュ・ラ・モルトゥ、ピエェル・ロチのお梅さんの三度目の春、等が並んでいた。又、自分は山へは登らないが、好きで買った登山用の蠟燭入れが飾ってあり、姪の五百《いお》が、その小さな、指の細い掌で、つまんで私の掌にのせてくれた、美しい玉虫が入っているアリナミンの小壜もそこに並び、室生犀星が私に掌を出させ、一つ、一つ、「これが水仙、これが梅」と言いながら、掌の上に落してくれた、干菓子《ひがし》が入っているアリナミンの大壜、もあった。犀星の干菓子は既に風化していた。

それらの装置がしてある部屋は北向きで、朝も夕方も、冷たい明るさが漲っていたが、陽が差さなくて読んだり、書いたりするのには暗すぎるので裸電燈が朝、昼、夜、点いていて、どうかして明るい昼なぞは、裸電燈のばかに明るい光と、戸外《そと》の明りとが戸惑い、混迷した中に部屋は不思議な明るさを呈していた。妹が或日持って来たフランス製の紅い薔薇の造花は薄緑の壜に挿さって、寝台《ベッド》の背の上に立っていて、これも又戸外《そと》と、内部《なか》との異様な明りと光と混ざった混明の中に(こんな字は無いと思うが)、不思議なもののように浮かび上がっていた。夜になると黄金色《きんいろ》と化《な》る裸電燈の光は星屑のような光の破片となって、それらのさまざまの硝子や、白いところへ菫色の花の散る陶器の上にちらばり、私は寝台にぐうたらにねそべり、それらの光の破片に見入り、又は目を上げて、窓の傍のあらゆる色の透明で私を誘惑している壜の群《むら》を眺めた。

そういうような具合で、私の部屋は《夢の部屋》だった。それが八年前から私の部屋は変った。今、私は別の部屋に移っているが、今度の居間に据えたダブルベッドは、(前の部屋にあったのは壊れかかって来て傾き、まさか自分は落ちないが、掛布はズルズルと落ちるようになっていたので部屋に置いて来たのである)現今《いま》のものとしては古風で、濃い焦茶色をしているが、寝台の上のものが、寝台の足の方の部厚い二重重ねのマットと木の枠との間に何かの仕掛けでもあるように、恐ろしい力で引張りこまれる。カァディガンでも毛布掛け布でも、まるで寝台の下に強力な牙を持った獣がひそんでいて、それらの端を牙で咥え、恐ろしい力で下へ引きこむ、というような感じで、少しでも、それらの衣類や布類を、寝台の下に潜む獣の牙から護るのを怠ると、忽ち引っ張りこまれて、半分はマットと寝台の枠との間に没してしまうのである。いわんや、ペン、原稿、雑誌、鋏、もろもろの必需品は油断をすると直ぐに寝台の下に没して、腕を差し入れて拾う苦労は大変なものだ。変な寝台はまあいいとして、今度の居間は眩しい太陽が差込むので、もとの、北向きの部屋のような落つきがない。それで、徹夜をしては昼間睡る職業の人が使う遮光カアテンというものがあると聴いてそれを張り廻した。夜のような部屋の中に据えられたダブルベッドの上が、私がこれから書こうとする大変な様相である。精魂を注ぎこまなくては書けない小説を書き始めてしまったので、生活の全部をそのへんな寝台の上ですることとなった。そこで今私がとんび足をして坐り、この原稿を書いている場所は寝台の足の方で、毛布を二つ折りにした上に、暗いロオズ色の布をかけてある上であるが、何故、恐ろしい獣が牙をむいて布やスウェータアを、原稿を、ペンを、咥えこもうとしている、寝台の足の方に坐っているかというと、寝台の足方の木の枠に腰をもたせかけているのが落ちつくからである。又、もう一つの理由としては、生活の全部を寝台の上でやっているために、私の坐っている布のある場所の他の場所はあらゆる生活の必需品で占められているためである。まず膝に最も近いところには電話の受話器と、それに並んでボール箱があり、その中には小説用の（今のではない、次の小説用のものである）切抜き、又は、可哀い犬や、猫、豹、ライオン、巴里の美しい女、なぞの切抜き、私の心を楽しくさせたり、カラリと明るくするものが切り抜かれているのである。その右手には大きな箱があり、好きな女友だちの手紙、頭を洗う暇のない日に頸を拭くための、資生堂のライムのオーデコロン、駄目になったボオルペン（どうしてそんなものを大切に取っておくかというと、今書いている小説の苦しみの形見として、取っておいて、書き上げた時に眺めて、喜びたいからだ）原稿紙、もうお清書してしまった原稿の山、が入っている。それらの列と、私の膝との合間には、紅いペン、藍色のペン、緑色のペン、西洋鋏、毛筋、フランス製の櫛、の入った丸い箱、香油の入ったチョコレエトの空鑵の蓋、小壜入りの、レモンと苺の形をした小さなシャボン、ピン、安全ピン、針、糸、口紅の入った硝子の皿、外国製のシチュウの空鑵が並び、（この空鑵はその上に食事の時、おかずや、味噌汁のボオルを載せるためである）ビオフェルミンの大壜、酢、卓子《テエブル》用醤油、ソオスの壜、薬を飲むための洋杯《コップ》、番茶の入った紅茶茶碗、鑵切り、又、何のお呪《まじ》ないか、カマンベエルの空鑵に拾円、五円、一円のコインが入っている。受話器の向うは電気ラジオがあり、それと並んで、バタアいため用の大鍋や、中鍋なぞがあることもある。寝台の下は、深く厚い苔のような、モス・グリインの絨毯の掃除が大変なので新聞紙が厚めに敷き詰めてあり、トワイニングの紅茶の大鑵、雑誌の山、ビッグコミックの山が連峰の如く並んでいる。又、ポルトガルの葡萄酒、砂糖の袋と、食塩胡椒の壜の入った背の高いボオル箱、ブレンデッドのスコット・ウイスキイ、ベンジン、がおいてある。部屋の一隅《ひとすみ》には造花を作っている女の人が、白石かずこのと同じに造ってくれた、化けもののように大きな（直径一尺位）紅い薔薇が、濃い緑色の巨大な壜に入って、人喰い花の如く火を吐いている。

とまあ、いった、大変な部屋の中の、ダブルベッドの上で現在《いま》私は、小説のために日夜骨身《ほねみ》を削って、というのが、今の私の部屋の大変な有様なのである。

大掃除とはどんなことをするもの？

大掃除でも小掃除でも、掃除というものが私にとっては時間のかかる、力のいる、たいへんなものなのである。毎日の掃除でも、卓子《テーブル》を動かすとか、二人がけのがっちりした竹のヒジかけイス（新婚夫婦の部屋でもないし、私に恋人がいて二人で腰かけて紅茶を飲むわけでもないが、十年まえに、引き揚げる米軍家族が売り払った家具を売っていたのを買ったので、竹製といってもカシの木のイスのようにしっかりした、重いイスなのである。欧羅巴《ヨーロッパ》的ではないが、ヒッチコックの「ハリィの災難」の、南部亜米利加《アメリカ》の家の、広いベランダにあるようなイスである）を動かすというときには、平家の落人の官女が、おちぶれて重いものを動かしているような、たよりないありさまである。

平家の落人の官女のように優美ではないし、見かけは肩や胸の幅も広くて、からだつきもなよなよとしてはいないが、体力がないのである。この年になっても、肉でも野菜でも（お米やウドンもそうしたいのだが、年なので死ぬ気でがまんして、少量にしている）人の二倍食べるにしては不思議に体力がない。私は歌舞伎の太功記を見て、振り袖姿の初菊が、鎧櫃《よろいびつ》を少しずつ動かして運ぶところを見るたびに、あの役のあの個所は、私が誰より巧くできるのではないかと思った。細いからだの歌右衛門でも、私に比べれば大力《たいりき》だろうから。

そのうえに、やり始めるとバカていねいにしないと気がすまないので時間がかかる。それでつい怠けてしまう。時間がかかるのは掃除だけではない。すべてに時間がかかるので、もし私が自分の気のすむまでおシャレをし、掃除をし、洗たくをし、お湯に入り、ゆっくりとご飯を食べるとすると、それに一日かかってしまって新聞も読めない、手紙も書けない、文章は一行も書けないだろう。

洗たくをやるときには、資生堂のオリーブ石鹼のアワを小山のように盛り上げててていねいに洗い、何度も何度もゆすぐのだが、力がないのでしぼるのがたいへんで、少し大きな洗たくものだとしぼり終わったところは左のヒジにかけ、またこんどは肩に引っかけ、というふうにして全身の力をふりしぼってしぼるので、そのありさまは肩やヒジにヘビにからみつかれて、苦悶して空を仰いでいるラオコオンのようである。

育つときに女中がいて、何でもしてくれたからこうなったのだという理由は、いちおう人をうなずかせはするが、女中が何人もいた人がぜんぶ私のようになるかというと、そんなことはないので、他の、私のようにして育った人を見ればわかるのである。生まれつき気が長くて、腕の力も脚の力も皆無という珍しい人間なので、珍しい獣のようなものである。こういうありさまであるから、一間《ひとま》とはいえ、一人で大掃除ができるわけがない。大掃除はしないで、したような顔をして、知らん顔をしている。

つごうのいいことに私のアパルトマンでは区役所から調べにこない。管理人代理の奥さんが（代理というのは、その奥さんは部屋を借りている人々の中の一人なのであるが、私のアパルトマンは、まえに管理人室にいた管理人が別のところに住んでいるもう一人の人と二人でやっているので、つまり管理人が二人いるのである。その管理人室にいたほうのジイさん、管理人室の後ろの部屋にいたことと、しっかりしているのとで、その奥さんが管理人の代理をしているのである。別に住んでいる、これもジイさんの管理人は家賃を集めにきたり、ときどきいたんだところを直しにきたりしている）一括して報告しているのだろう。

いまも書いたように、自分の何もできないのが、女中が何人もいたせいではないということはよく自覚しているので、これも母親に罪をなすりつけるわけではないが、私の家では大掃除というものはしなかった。それは母親が腎臓が悪くてからだを動かさないようにしていたので、大掃除をしない代わりに出入りの植木屋に半年に一度、大掃除をしてもらっていた。

その日は、植木屋が母屋のほうを掃除している間は私たちは、離れのほうに行っていて、母屋がすむとまた母屋に移った。源氏物語にある《おん方《かた》たがえ》のようだった。

《おん方たがえ》というのは占い師が、何日から何日までは、この家にいては縁起が悪いというと、方向の違う家にその期間避難していて、その期日がすぎるとまた帰ってくるというしきたりが昔あって、その一時引越しをすることを、《おん方たがえ》といっていたのである。それでだいたい大掃除というものは、どんなことをするのかわからない。人がしているのを見たこともないのである。

また、植木屋の大掃除は、いわゆる世間でやる大掃除ではなかった。押し入れもするが、ふつうの掃除だったというわけか私の家では畳をはがして外へ出して、全学連のように鼻と口を手ぬぐいでしばって、たたいたり、縁の下へもぐりこんでクモの巣だらけになって、植木鉢などのガラクタを整理したり、そういうことはやらなかったのである。

たしか母親が、警察だか、区役所だかに行って、こういうわけで、半年に一度徹底的に掃除していますからといって、了解してもらっていたのだろう。大掃除すみの札はくれていた。母親は、家は半年に一度男手でよく掃除しているから、どこの家よりもきれいだ、といっていた。むろん、物置きもそのときに植木屋が掃除していた。女中たちはその日は、植木屋に任せきりで、掃除はしなかったようだったから、ずいぶん楽なところもある奉公だった。

私もたまに、稽古だといって、ハタキをかけたり、畳を掃いたりしたが、女中が毎日しているうえに、半年に一度植木屋が徹底的に畳もふいていたから、すっかりお化粧のできた顔をパフで、サッサッと仕上げをするようなもので、ホコリもあまり立たなかったのである。

これは、大掃除はどうやるのか知らない、という女の話である。

ふに落ちない話

三年ほど前から私は、著作業の他にくず屋とごみ屋の下請けを兼業している。というのはアパルトマンの門前に備えつけてあったごみ箱が、町会の手によっていつの間にか運び去られて、『今後紙くず類、及び厨芥《ちゅうかい》は各家庭で、それぞれ紙袋、またはビニール袋に入れ、配給のポリエチレン製バケツにおさめて、二十世帯ごとに指定の場所に出して下さい』という指示が、回覧板によって各家庭に伝達された。私ははじめ、この困った変化を自分の町内だけだと思っていた。

同じ世田谷区内にある親友のアパルトマンには何かの理由でその伝達が遅れていたせいである。私はちょっと水がこぼれても何でもかでも大量のちり紙を使って処理し、それをまた包装紙などに丸めこんでくずかごに捨てる。ぞうきんというものがきらいで、ぞうきんでふくような場合は、洗濯することになっているハンカチか、それがない場合はまだきれいなハンカチ、捨てる時期にはまだ程遠いタオル、手ぬぐいの類でふいて、それもまた新聞紙などにくるんでくずかごに捨てるという奇癖がある。（ぞうきんがけというのは別の場所の汚れをぞうきんにくっつけて他の場所をなするわけで、まず幸田露伴指導による幸田文のぞうきんがけ位しか許容できない。）その上に厨芥もどういうわけか並みよりひどく多量である。

ある日、室生犀星のところに行っていて、「わたしはホウレン草の小さな把《わ》を一度にみんないただきます」といって犀星をおどろかせたことがある。それは犀星がゴリや冷えて油の固まったウナギばかりたべていて、野菜といえば煮過ぎた野菜スープ位しかとっていないのを心配して、野菜の大量摂取をお勧めした時の話であるが、自分自身は生野菜がからだにいいと信ずると、生キャベツの繊切りとピーマンの刻んだのを毎朝馬のようにたべたことがある位で、野菜くずが多いのである。そういうわけで私の部屋から出る紙くず、厨芥の類は、何とも生産過剰である。そこで週二回、私の部屋の中は一時、くず屋が選りわけをする部屋の如き観を呈し、厨芥は特大のビニール袋にはいったごみと、おびただしく捨てる空きかん、薬びん、等々で山になり、一人で五人家族分のをもらったバケツでも足りないで、二つの大バケツをよろめきつ、まろびつ、門の前まで運搬することになる。

しかもアパルトマンの住人たちは、自分の部屋の内外以外は野となれ山となれ主義で、練炭の灰は水でぬれ崩れたのをそのまま、紙袋も、ビニール袋も輪ゴムなしの明けっ放し、雨の日も、紙袋を雨にさらして紙くずが紙袋と一緒に溶けているという状態である。そこへ私がよろめき出ると、清掃夫が「こんなじゃだめだ」と私に怒鳴《どな》る。

パリやベルリンでは、ごみ箱の中から引っ張り出した古ほうきのような髪をふり乱して働き廻っていた下宿の女中でも、ごみ屋の下請けはやらせられていなかったようで、紙くず、厨芥は全部、何かの仕掛けでいずくともなく運ばれ、ぼろきれは毎朝ぼろ買いの婆さんが買いに来た。私個人は特別だとしても、税金がないに等しかった時の方が現在よりもすべて都にやってもらっていたというのが、私にはふにおちない。

幻想の家、西洋骨董店

西洋骨董店の店に入った時には別段に変ったこともなく、上野の博物館にそっくりの、硝子の陳列棚は薄っすらと埃をおびて荘厳を極め、豪華な応接間用の花瓶、壺、などが妍を競って並んでいる。これはエミィル・ギャレの硝子器である、これは十六世紀の仏蘭西のエマィユ——硝子に絵具を吹きつける、七宝のようなもの——である、というような美しい器物たちであって、高級西洋骨董店とはかくの如きものであったのかと、私に肯かせた。又それはどこかで既に私の頭に推察されていた光景であって、それを現実にたしかめただけのようだ。つまり、懐《ふところ》に一流銀行の小切手帳をひそめている人でないと、「ゆるせよ」とばかりにスーッと入ることは出来そうにない光景である。但し出て来た番頭が、この高級骨董店と、同じ鋳型によってうち出された（高級骨董店の店員）でなかったことは素敵である。

私が幻想の世界に入ったのは、普通は客を通さない、二階の商品置場に入った時である。ここは街の道具屋的光景であって、半端ものや、0が三つの単位で購えるマジョリカの小皿、灰皿の大群もある。十九世紀程度のものも、もっと古いものも、玉石混淆でごちゃごちゃと置かれてある北向きらしい光線の広間二間《ふたま》は、私を完全に幻影の世界に封じこめてしまった。

「マクベス」に出て来る甲冑《かっちゅう》の兵士を合成黄金で鋳出した蠟燭立て。ハイデルベルヒを想い出させる麦酒用洋杯《ジョッキ》。鷗外訳、諾威《ノオルウェイ》の戯曲の前房のある家を空想させる卓《つくえ》、鏡台。「ファウスト」の寺院の場に置かれてもいいような燭台は、天使や百合の花飾りがある、古び汚れた黄金《きん》の色である。フェデリコ・フェリィニの新作「精霊のジュリエッタ」の小道具になりそうな、稚拙な蔓花《つるばな》を絡ませた鳥籠の形の鋳物《いもの》の燭台。伊太利《イタリア》の洋燈《ランプ》、塩入れ、胡椒入れ、粉菓子を焼く鉄製の道具。木目《きめ》込《こみ》細工の桃花心木《マホガニィ》の小卓は、昔その上に肱をついた、伊太利の美しい女を、私の脳裡に浮び上らせる。家の中にいつもいて、竪琴を弾いたり、刺繡針を動かしたりしている、過去の伊太利の女は、鳩羽色に黄金《きん》の縁《へり》飾りの衣《きぬ》を着、夫が猟《かり》で生捕りにして帰った野鴨を飼っている。言いようのない、深い、柔《やさ》しさが私を襲うようだ。私はそんな女を見たい。私は綺麗な女を見たがる男ではないのだが。窯が伊太利の町に移されぬ前に、マジョリカ島で焼かれたのではないかと想うような、古びて欠けたマジョリカの小皿は、私の耳に見知らぬ海の、荒い波の音を聴かせる。バルザックなら、《ここには何世紀か前の人間の生活がある》と、そういうように書くかもしれない。伴れの青年が、ふと開《あ》けた古い木匣の中から、Jack and Jill の歌が、どこか軋むような音で鳴り出した。美しい少年の甘い口説きのように、途絶《とだ》え、途絶えの嗄《かす》れたひびき。

中でも私を強く惹きつけたのは、カイゼル・ウィルヘルム二世の横顔を彫った安ものの陶器の額である。淡い青の色に囲まれた白い横顔の下には（1888-1913）と、皇帝の在位の年号が、黄金文字で入っている（だが、彼が退位したのは一九一八年の筈である）。私は若い日の、私の父親が、伯林《ベルリン》にいた当時、何処かの横丁の店にあって、彼の眼にふれたことのあるものではないだろうか？　という、突飛な空想にとり憑かれてやもたてもたまらず、その額のために、幾らかの代金を払った。

夢の日

某月某日——仄かに明るく、仄かに熱く、空気が透っている。稀に巡ってくる私の不思議な日。外を歩くと空気が恐ろしいほど澄んでいて、店の品物、旗、すべてのものが現実感を喪失《うしな》い、宇宙に漂うなにものかのように透明で、美しかった。平常は不快に感じる、醜く派手な女達も、透明な空気の中にフワフワと漂う淡水魚のように見えて、私はこの上なく幸福で、あった。平常夢みる美しい世界に、この現実の世界が変貌するのである。このような日は恋人がもしあったとしても、来てくれなくてもいいのだ。硝子戸の嵌った部屋の中で、私は水に茎を浸けて生々と呼吸している花のように、なっている。私の眼は恋の愉しさに疲れた人のようになり、体は全体に倦い。——私は昔そんな日に或出版業者の人と二人で部屋にいた。私を訪ねて来た人ではなく、まして私と二人になる為に来た人ではなかったが、偶然母もきょうだいも部屋を出て行った。平常その人も私に関心がなく、私もその人に関心がなかった、だが止《と》めようとしても止《と》めようのない私の倦怠が、その人に感じられていた。その人は私を魅力のある女を見るようにして、見た。そうして言った。「今日は倦るそうですね。……その方がいいですね」と。私は原因を知っていたが、それを話すほど親しい間柄ではなかった。私は自分でもどうすることも出来ない気分の中にいた。私は殆ど椅子にもたれかゝるようにしていた。「今日は倦いのよ」と、私はただ言った。そう言葉に出して言うことがひどく億劫で、あった。平常の私は肉親の人にしか、そんな楽な話しかたをしなかった。——今日私は、夢の中にいるような、透明な気分の中で食事をし、新聞をよみ、真紅《あか》い色と黒との、美しい蟲のような錠剤を、飲んだ。そうして二時間位睡ったあとで町へ出た。

ペンキを売っている店の、ペンキで汚《よご》れた鑵の群、見本に染めてならべた薄汚ない木の板。刷毛。魚屋の店先の青黒いいわし。化物のような赤い魚の頭、菓子屋の俗悪な菓子の色、安っぽい箱や鑵なぞが、幻影の中のもののように果敢《はかな》く、美しく、私の頭は夢で一杯のように、思われた。平常私から夢を見るような気分をひきだす薬屋の硝子の群、飾り窓の花々、果物の色、游泳《およ》ぐ金魚なぞは、ほとんど人間世界のものとは思われないように軽く、光り、透り、美しい夢の色に染まっていた。人々のきものの色は薄くかすみ、表情は夢を見る人のようで、あった。私の心は不思議に満たされ、夢で一杯になり、透った空気の中に漾《ただよ》い、光り、かがやき、ゆれ、流れ、鳴る、軽々と美しい幻影に次々に囲まれて町を歩き、ミネルヴァに休んだ。明るい電燈の下で、傍の卓子にいた男の、細く、小さい平凡な二つの眼は、小さな二つの蟲のように光っている。音楽は小さな筐のような店一杯に響き、私を音の中に包むようで、あった。今夜私の全霊、全身は殆どこの世界を離れたかのように見え、恍惚として夢の世界の中に、いた。……不思議な日、今日。今日の朝、昼、そうして今、夜。

私はチェホフの肖像《ポルトレ》と一緒に飾るための、白い細かな花と、これも針のような、緑の葉をつけた枝を一抱え買い、夜の中を帰った。夢の世界の消え去ることを恐れるようにしながら。夜はいつものように黒く、緻密で、柔かく、ネオンは夢幻のように輝き、私の気分の変化をなかなか私に知らせないように見えたが、私は知っていた。ミネルヴァを出て少時《しばらく》した時、不思議な世界は去っていた事を。なま熱いコンクリイトの上を自動車は現実の自動車そのものとなって、不快な響きを立てて走り去り、黄色い電燈の中のガラスの箱、板の上のパンは、現実の箱、現実のパン以外のなにものでもない。私は部屋に入ると、これだけは現実の世界でも美しい、紅《あか》と黒との錠剤を飲み、すぐに床に入った。

幸福はただ私の部屋の中だけに

某月某日——「欲望の波止場」を見る。入陽《いりひ》とパクボ（商船）と、フランス語の歌と。私がこの種の映画をみる楽しみはそれだけで充分であった。海と船と夕陽だけが映っている一齣がある。私達のギャバンが、あの膨れたような顎の中で、科白を言う。そうして楽しげな恋人達、曖昧屋《あいまいや》、船員、悪漢、警察の男……それで充分で、あった。私は映画を二回みると、夜の新宿に出た。「巴里」も今ではこんなようになってしまったのだろうか。群集の渦の間に、どこか殺気の含まれている街で、あった。人々は鰯の群のように固まってうごいていた。私は、その殺気の流れる街の中を、怖れながら、急いだ。家から遠い町で日が暮れる時、私が感じる、いつもの理由のない恐怖で、あった。甘い、香いのいい夜は私達の周囲《まわり》から去り、目に見えない尖ったものが飛び交っている闇が、私たちを囲んでいた。ネオンの広告は、衝撃的な世界の出来事を黒い空の中に耀めかせている。それとは対照的なゆるく流れる群集の、魚のように表情のない眼をも、私は怖れていた。静かで賢い、夢を持つ眼差しは、何処にもない。私達の平和と幸福との為に使われるよりは、破滅のために使われるのに適しているようにみえる原子核の実験は、永遠のように続いている。そうして人々は魚のように無感情で、あった。二十世紀の末の或一つの国の、それは夜の街で、あった。そこはかとない殺気の匂いと、それらの、息苦しさの中から首を出そうとして、なにか新鮮なものを見ようとして、私は歩いた。「幸福」は毎日帰って行く部屋の中にだけ、あった。綺麗な、空莫とした私の部屋の中に。一週間に二度は楽しい母子の時刻がそこにある私の部屋の中に。……優しい、柔かな神経の交錯が、息子と、私との間にかぎろっている或日々の、静かな私の部屋。息子のいる部屋をどうやって楽しもうかと迷いながら、結局は黙っていることが一番いいのだということを解っていながら、中一日、又は四日の間の不足をとりかえそうとでもいうように、腸詰《ソーセージ》を口に入れたり、麦酒の洋盃《コップ》をとり上げたりする私で、あった。そうして他愛のない話、しぐさ。……それだけでいいのだということを、何も書かなくても、随筆家という名のものになぞ、ならなくても、いいのだということを、私は知らないのでは、ない。

「ブリュウジュ・ラ・モルト」(死都ブリュウジュ)の日

某月某日——薄紅色のエリカが新鮮さを失ってから、もう今日で一週間に、なる。針葉樹のような葉が潑れている小卓の上には、レモンジュウスの洋盃《コップ》、チョコレエトの粉、いくらか残っているグラァヴ・セックの壜、象牙の柄の小刀《ナイフ》、(それはJacques の親友から Jacques に伝わり、Jacques から私に伝わった小刀である。私とJacques と、その親しい友達との間には常に、小さな、取るに足らない小刀とか、鉛筆のキャップ、詩を書いた紙切れ、切抜き、仏蘭西の歌をかいた紙なぞが、取り遺りされていて、それらはお互いの何よりも大切な宝物で、あった。)皿や箸、スタンドなぞが雑然としたまま、どこか薄く埃をさえおびて、空虚の漂う部屋は、今日も薄明りの中に、沈んでいた。濃い薔薇色の、縞のある敷布と、深いオリイヴに薄茶の小もようのある掛ぶとんとの中に、私の天国が、あった。世の中のわずらわしさから逃れて、私はいつもその中に、沈んでいた。ガラス戸棚の上のプルウスト、父、息子の肖像が、私を護っていた。ブリュウジュ・ラ・モルトを声を出して読んでいると、偉大な詩人ロオデンバッハの、確りとした構成と、文章の中から溢れそうに見えていて溢れてはいない（感じとしては溢れている）詩と情緒とが、私の心を魅惑して、いた。私の無感動な、固い心をもそれは湿《しめ》し、波立てるようで、あった。

N'est-ce pas comme une pitié de la mort? Elle ruine tout, mais laisse intactes les chevelures. Les yeux, les lèvres, tout se brouille et s'effondre. Les cheveux ne se décolorent même pas. C'est en eux seuls qu'on se survit! Et maintenant, depuis les cinq années déjà, la tresse conservée de la morte n'avait guère pâli, malgré le sel de tant de larmes.

Le veuf, ce jour-là, revécut plus douloureusement tout son passé, à cause de ces temps gris de novembre où les cloche, dirait-on, sèment dans l'air des poussières de sons, la cendre morte des années.

《それは「死」というものの憐憫《あわれみ》では、なかったのだろうか、死は何も彼もを褪せさせる、だが一塊の髪は残して、くれるのだ。瞳も、唇も、混りもつれて溶け朽ちる。それなのに髪はその色さえ、変らない。髪の毛だけに私達は再び生き永らえる！　そうして今、五年の年月《ねんげつ》を経た今、死んだ女の筺《かたみ》は、ほんの少しも色褪せなかった。絶えず注ぐ涙の、塩辛さにもいたまずに。

ユウグは今日、いつもより一層苦しげに、今までの過去の中に、生きたので、あった。それは寺院の鐘が音の塵を、長い年月の色褪せた灰を、そこらあたりに撒き散らす、この十一月の季節の、灰色の天候のせいで、あったのだ。》

永井荷風の「浮沈《うきしずみ》」の、最後の章をよんで涙を流す境地とは、又異《ちが》った憧憬の戦きが、私の胸に、起きていた。一年余りの間より暮さなかったに係らず、私の胸の情緒に深くふれた美しい言葉。そうしてその言葉の美しさ、余韻を、永遠の間に遺そうとする仏蘭西人の熱情の、私の胸への触れ方はひどく、深かった。稚い私の頭にもそれが、深く解っていた。寺院のように暗い中に、金色が瞬くComédie Française（仏蘭西劇場）の舞台を見ていて、又町の人々の、楽しい小鳥のように誇りと歓びとにみちて囀ずる、言葉を聴いていて。……私は誰にも言わずに胸の中で、父の熱い想いを、想い浮べていた。父の国語への熱情と、それを壊す人への怒りとを。……殆ど十四五歳の少女といってよかった私の智能は、却ってフランス語のひびきを速く、よく、捉えていた。子供がそうであるように。

私は今日、その時深く覚えて来たひびきと抑揚とで、ロオデンバッハの、文章の形をしたこの詩を、読んでいた。そうしていると窓の外に、ロゼエルの河が水を湛えているようにも、想われる。私は自分の夕刻の散歩の時間が近づいたことに気がつくと、ベッドを下り、氷の中を歩くような冬の散歩の後《あと》では哀しすぎる、水を使う仕事を、手早く片づけはじめるのであった。髪を直し、唇と手とに薬用クリームを擦り込むと外套をきて、籠を下げる。籠の中には削った鉛筆と、手帳とが、入っている。明日《あした》一日の必要品を買うと、風月堂で休み、珈琲を飲み日記をつけ、新聞をよむ。それで単《たん》調《ちょう》な私の一日は終るので、あった。ユウグ・ヴィアアヌの一日のように単調《モノトオヌ》だが、その底に、時には深い夢を湛えることもある日々で、あった。

市井俗事

私の生れた家は本郷の團子坂上にあった。それで、故郷《ふるさと》と言えば千駄木町附近になるが、私にはもう一つの、故郷《ふるさと》がある。私の第二の故郷《ふるさと》だ。

それは昭和十年頃の「淺草」と、下谷神吉町《かみよし》にあったアパルトマンである。市電を下車坂で下りて、淺草へ抜ける道を入ると直ぐ右手に、勝榮莊というアパルトマンがあった。主人は板金職の棟梁で、生粋の淺草っ子である。體は瘦せて小さいが腕の太い、きびきびした男である。主人の母親と、色の白い丸ぽちゃの細君。それに綺麗な娘が三人いた。長女の芳江さんは、お酌にしたら一流と言う下町美人で、氣性もお父さん似のはきはきした娘である。結綿に結った細い首の襟をぬき、派手な毛糸の部屋着を、撫で肩に着て、町會の書附なんかを讀みながらぶらぶら行くのを、私はよく立止って見送ったものだった。勝榮莊の住人はお妾さんとか女給、公演に出ている女優なぞで、殆ど女世帯である。私が越したのは冬だったが、夏になって見ると、薄暗いコンクリートの通路を、桃色や白のスリップ一つの女達が、ガラガラと下駄を引摺って歩くというような風景が、展開した。安っぽいレースのカーテンがふわつく向うには、來る度に晝寢をして行く事になっているらしい、太った旦那が寝ている姿と、團扇で煽いでいる女が見えたりした。こういう女達は、往來で會った人と、知合い同志のように話をする、人種である。そういう人達が居る事は知っていたが、一つ所に住んで見て、私はいよいよ彼等の親しみ深い様子に驚くと同時に、深く彼等を愛するようになって行った。彼女達は、「森さん」「森さん」と私を呼んで、親しんだ。レースの裾よけの下から、下駄を突っかけた太った足が見えたと思うと、立止って、「森さん染めてんの？」なぞと言って、覗き込む。私が洗面器で風呂敷を洗っていたのを、空《から》の焜爐に載せて置いたからである。彼女達は、晝間《ひるま》は「長屋のお内儀さん」で、よく染めたり洗ったり、張ったりしながら、べちゃべちゃと饒舌《しゃべ》っていた。松戸とか野田、埼玉辺に国のある人が多かった。洗面所で肩を並べて何かしながら、話しかけて來る時なぞに、生れた所の話なぞも、するのである。私の部屋の筋向いに、何時も甘ったるい調子で話しかけて來る女がいた。これが年は若いが、仲々の凄腕らしく、來る男も一人ではなかった。眼が睨みつけたようで一寸可怕いが、極く若いし、丸くて可愛い顔立ちなので、余り眼立たない。始めは獨りだと思って居たが、旦那のあるのが解った。その部屋へ入ると、仲見世辺の家具店でピカピカ光っていたのが、そっくり一揃い並んで居て、ラヂオも立派なのがあった。電車の中なぞで不意に會うと、變にトポンとした、少女の頃の顔むき出しているが、男に対しても、近所隣りに対しても、人づき合いはひどく、如才なかった。私はこのピカピカの部屋に上り込んで、もう戰爭も終りに近い頃だったが、ロッパとエノケンが二人だけで演った、地味な芝居の放送を、しみじみと聽いた事も、忘れられない。

一寸特筆に價する人物は、私の隣りの住人であった。下卑た婆さんと、実の娘にしては、器量《きりよう》のいい、二十四五の娘との二人暮しだが、その娘の生活は淫蕩極まるもので、相當に强《したた》か者の筈の女達までが、「すごいわねえ」と、きかせを言ったりした。呆《ぼん》やりの私にも、だんだんにそれが解って來た。婆さんは、私の部屋の窓の下へ來て、水道の水をじゃぶじゃぶと跳ねかして、洗濯をする。其処には年中、ブリキ屋の男達が仕事をしていたが、或日「婆さん、ただの鼠じゃないね」。「遣手婆だね」なぞと、口々に揶揄った。婆さんは薄べったい顔の中でも、殊に薄べったい口の周りを、ぴくぴくと顫わせ、歯を剝き出して怒った。そう言えばその婆さんの風貌には、たしかに歌舞伎芝居の遣手婆を髣髴させるものがあった。浴衣を尻端折りで股をひろげた歩きつきと言い、遊廓の廊下や、重い草履の音、荷風先生の小説なぞに出てくるあらゆる因習と、悪病の巣である一つの世界が、影のように浮び上って来るような、身に浸《し》みついたものが、あった。娘も花魁上りだったかも、しれない。私が鼻唄を唄ったりすると、婆さんは凄い眼をして、「歌がうめえねえ」と、いやみを言った。私は心の中では二人を哀れに思って居たが、私の呑氣そうな暮しに婆さんが、或反撥を感じない筈はない。婆さんは私に対して、ひどく肝《かん》を立てているようだった。娘は本物の强か者で誰とも口を利かず、むっと默った横顔を見せ、ずり落ちそうな浴衣の褄を取るようにして、手洗いに行く所は、何処となく暗い影が纏《つ》き添って居て、一寸凄い感じがした。性質もあるが娘とは時代が違うので、婆さんの方には可愛げがあった。何か子供のような可怕がりかたをして飛び上る時なぞ、ふと哀れさが、胸を突いた。私は毎日ごろごろして文章を書いては、出來ない相談の大きな夢を見て暮していたが、このアパルトマンの生活は樂しくて氣樂で、私にとっては無上の天国であった。何時《なんじ》まで寝て居ようと、一日本を讀んで居ようと、誰も氣にする人が居ない。髪はひっつめにし、夏は浴衣の儘、冬でもお召のちょいちょい羽織を引っかける位で、年中海老茶色の前掛けをした儘。そんな格好で私はぶらりと、散歩に出た。なりふり構わない人が多い町であるから、実に氣樂である。私はいつも一人暮しなので、「淺草」という故郷を見出したその頃の喜びは、大きかった。浅草の人間は八百屋は八百屋、魚屋は魚屋で無論働くが、働くのは必要でやっているので、堅氣な事や、「勤労」を、誇って居ない。遊びに行くのが樂しみで、遊ぶ金のある人は豪勢だと言う訳で、尊敬する。どう言う訳か、そうなのだ。どうも吉原、六區などの歡樂境をそばに控えて、昔から遊惰な商賣の人《ひと》を馬鹿にしては喰べて行かれない職業も多く、だんだんにそう言う氣風が、出來て來たものらしい。のらくらしている書生でも、藝術を勉強している人間は育ててやろうといったような氣風、一種教養のある巴里の町の雰圍氣がその儘あるのは、不思議な事である。吉原で働いている人間は、その周辺に住んで居たのだろうから、そんな事から藝事を愛する心持、「腰も身輕な町住居」と言ったような氣風も血統的に傳わっていて、それが神吉町《かみよし》にまで浸透して居たのかも知れない。兎に角浅草での私の生活は、生涯忘れる事の出來ない、樂しい生活であった。嘘のない、美しい生活であった。窓から見る淺草の空は、いつも青く晴れていた。その中を黒く、小さく、何かの鳥が列になって、横切った。時にはざあざあと鳴る夜の雨の中に、私は靜かな讀書を、樂しんだ。

私の生れた家は戰災で無くなった。第二の故郷の神吉町とも戰争の爲に、別れた。昭和十九年の末、神田から日本橋が燒けた晩である。私は遂々《とうとう》、何も彼も放った儘、上野の山を抜けて本郷の家に行き、翌朝、弟の疎開先きに發った。その夜、上野の山を歩きながら、神田の空が一面に紅く燃え、その中に松坂屋の建物が、何かの幻のようにに立っているのを見た時、私は、「もう東京も、終りだ！　そうして私の淺草ともこれでお別れだ。……」そう心の中に、呟いた。

勝榮莊は今も健在である。主人も細君も、少しも昔と變らないし、芳江さんは眞面目そうな青年と結婚して、暮している。住人も殆んど、變らない。其処へ行けば故郷に歸ったような氣持がするので、私は今でも思い出したように、勝榮莊を訪れる。そうして今散歩から歸った人《ひと》のようにして、玄關を入って行くのである。

庭

私の生れた家には庭が二つ、あった。家が大工道具にある、曲った物差しのような形に、横に長くて、部屋が又、三部屋だけは二列になっていたが大体一列に並んでいた。G氏という人の感想によると、「女郎屋のようですね」で、あった。G氏は私が女学校の一、二年の頃家に見えて、仏蘭西語を教えて下さった人であるが、私に仏蘭西語を教えていた頃、よくそういうところで遊んでいたのである。G氏は、わからぬだろうと思って、私の前でそう母に言ったらしいが、あにはからんや、私は氏がそのころ文学雑誌に発表された小説を読んでいて、その小説には氏によく似た人物が吉原だか、どこかに流連《いつづ》けをしていた日にお父さんが死んだ、という事件が書いてあった。当時の私には吉原という処がどんなところかということが深くわかりはしなかったが、歌舞伎芝居を見て、なんとなくわかっていて、悪いところだと思っていたので内心眼を丸くしていた。

話が横にすべったが、そういう形の家の南側は木と石ばかりの庭で、(木は常盤木ばかりだった。花をつける木といっては、白い小さな、鈴蘭のような花が咲く、背の低い灌木と、れんぎょう、石南花《しゃくなげ》、それと乙女椿、だけだった。)北側の庭は西洋花も多く混った草花の庭だった。木と石の庭の方は、母の話では小堀遠州という人の流儀の庭だそうで、これも母の話によると、そう広くはないのだが、木や石の配置の仕かたで、部屋から見た時奥深く見えるように造ってあるのだと、いうことだった。

だから木と石の庭の方は形式的な、武家邸の庭のような、固い感じの庭で、北側の草花の庭の方は全く開放的な西洋の町中の、ごく普通の家にあるような庭だった。(私は一八、九の時、夫と欧露巴に行ったが、その時伯林の町で、よく家の庭にそっくりの庭を、見たことがある。西洋の庭でも、貴族の家なぞの、形式のある庭は、花壇が円や、四角、又は三角、なぞの形に造らえてあったり、木が一列に庭に並んでいたり、水盤があったり、泉水があったり、それなりに一種の形式をそなえているようである。「去年マリエンバアードで」という映画を見た方は、そういう庭が、明るい光線の中に、時間と空間との不思議を見せて、広々とひろがっていたのをごらんになったと思う。

家ではその草花の庭の方を花畑といっていて、子供たちはそっちで遊んだ。木と石ばかりの、小堀遠州式の庭は、青く、厚い苔がふかふかしていて、そこの上を歩いてはいけないことになっていて、飛び石の上を上手に渡って、隅の方の、苔のないところまで行き、そこにある乙女椿を見上げたり、春の終りにはポタポタと木の下に落ち重なる、桃色をした椿の花を拾ったりするだけで、遊ぶのには大変億劫な庭だった。私はそっちの庭には友だちをつれて行かなかった。友だちの中には、飛び石の上だけを伝って歩くことになれない子供もいたからだった。室生犀星先生のお家の庭も、私の家の木の庭と同じで、訪問する人々は飛び石の上をこわごわ、ひそかな靴の音をたてて歩いていた。正門から一辺曲がる飛び石をわたって行くと、もうすぐそこに先生の座っておられるお座敷の縁側になっていて、大抵の時そこに先生は座っておられ、お客と話をされながら、「さあ、こっちへ」と、言われるので、はじめての人はあわてて、はずかしそうに、おそるおそる、縁側に上がるのだった。私の家は武家屋敷式に出来ていて、玄関には釣鐘が下がっていて、道成寺で鬼になった花子が振り上げるのと同じの形、鐘を鳴らすための棒がおいてあり、「頼もう」というと、「どおれ」と出て来そうな家だったので、お客に向って父がする、親しいようすは、先生とちがわなかったが、すぐそこに先生が座っておられる、というような親しみはなかった。室生先生も苔をとても大切にしていられた。

北側の花畑は、芙蓉、ダリア、ヂキタリス、藤袴、檜扇、バイモ、葵、紅と白との水引き、桔梗、紫陽花、蓴、向日草、ひまわり、姫ひまわり、虫取草（紅い小さな花が咲いた）、丹波ほおずき、千成ほおずき、山吹、白玉椿、桃、木瓜（紅の）、茶があって庭のまわりにある木々には春になると順々に花が咲いて、夏は草花で、一杯になり、細い通路は全く塞がってしまい、とりわけ九月の二百十日の後は、花々の茎がざわざわと乱れ伏して、花を踏まずには歩けなくなった。私は日本式の庭をきらいで、花畑の方が、すきだったが、どういうわけか年が五十になっても、六十になっても、日本婦人らしい、或は老人らしい考えにならない私は、今でも西洋の町中にあるような、形式のない草花や花の咲く木のある庭が好きである。

記憶の中のアンセクト達

私の、子供から少女になった時期はまだ明治時代で、恐ろしい公害というものがなく、黒揚羽《あげは》から蜆《しじみ》蝶という名の薄紫の小さな蝶まで、あらゆる種類の蝶を始めとして蜻蛉《とんぼ》（季節によって、やんま、とうすみ、赤蜻蛉なぞいろいろいた）、バッタ、玉蟲、天とう蟲、甲蟲《かぶと》なぞが〝花畑〟と私の父が言っていた、花々で埋《うず》まった五坪ほどの庭に棲息していた。花畑には曲りくねった細い道がついていたが、夏になると道はどこにあるのか、花々で埋っていた。父が伯林《ベルリン》から花の種を持ち帰って蒔《ま》いたので、名がわからないような花も多かった。芙蓉、虎の尾、藤袴、紅蜀葵、黄蜀葵、ダリア、紫陽花、萼《がく》、がんぴ、蛇の目草、夾竹桃、蟲取菊、撫子、ジギタリス、秋海棠、紅と白との白粉《おしろい》の花、これも紅と白とのちょうちくも草なぞ数え切れぬほどの種類の花々の中に埋まって仰向くと、痛いように白い空があった。

花畑に面した六畳の部屋を家では〝花畑の部屋〟と言っていた。花畑の部屋と父の書斎とを中に挟んで、反対側には樹と石ばかりの庭があり樹々の梢をこめて、烈しい雨のような蟬の声で耳がガーンとなるほどだった。家全体がジイジイ蟬、ミンミン蟬の音の籠の中に入っているようだった。夏の初めには蟬の抜け殻が樹の幹・枝なぞについていて、私は寄木細工の箱の中に兄が取ってくれた蟬の抜け殻を溜めるのが楽しみだった。少女の頃、私は玉蟲が好きでこれもよく箱の中に溜めていた。黒に真紅《あか》に白、橙々色に白なぞのドットの模様で綺麗だった。

私と妹は蜻蛉を捕まえて来て、ダリアの葉なぞを食わせて、彼（彼女かもしれないが）が妙な顔というよりは、変な感じで口を動かすのを見て面白がった。蜻蛉が葉を食う顔を見た人はあまりないだろう。北杜夫はアンセクトが好きで、昆蟲学者になりたかったそうだから、或は観察したことがあるかも知れない。

十二・三才の時、帝劇の女優劇で蜻蛉《かげろう》という名の腰元が出たが、蜻蛉は「かげろう」とも読むらしい。この虫は朝《あした》に生れて夕《ゆうべ》に死すというので、果敢《はか》ないものにたとえるとどこかで読んだが、私の見たかげろうはあまり果敢ないような感じではなかった。とすると、胴も細く弱々しいとうすみ蜻蛉のことだろうか。

昆虫というと思い出さずにいられないのは、室生犀星のやさしさである。犀星は夏の夜、窓から入ってくる小さな虫がまた出ていくと、心の中で「さようなら」を言うと書いている。同じ種類の虫がまた入って来ても、それは先刻の虫とは違う、別の虫かも知れない。今出ていったのはもう入って来ないかも知れないからだというのである。限りないやさしさである。彼はこうも書いている。「生きものを死なすな、生きものをかなしがらすな」と。

魔の季節

流感という名で毎年やってくる、A型2とか、3とかいうヴィールス菌は、殆ど一度の例外もなく私の咽喉か、鼻の粘膜にとびつくことになっているらしい。なんに向かっても弱いが、怪我《けが》や病気には特別に弱い私なので、新聞、雑誌に、アジア風だとか、ヴィールスA型2とかいう活字が黒々とした魔の襲来のような趣きを呈して、頁の大部分を蔽ってくるのを見ると、まず神経戦で敗北してしまうのである。

そういうことをやっていては、いざというときに効き目がないといって、友だちが止めるのだが、なんといってもきかずに私は、簡単な風邪らしいときでも、橙色や白に輝く錠剤を代わり代わりに飲んで暮らす。医者ぎらいの売薬好きで、橙色や白のきれいな錠剤をならべておいて、口へ放りこんでは、アトンのコップとかいう、歯医者の含嗽《がんそう》用のコップのような、なんとなくいかめしいコップの中から水を注ぎ、それに薬が早く回るために、お酒をまぜて流しこむのを、朝、昼、夜の三回の他に、夜中に一回正確にくり返して、悪化しそうな風邪をくい止め、くい止めして、能事足れりとしている。悪性感冒の流行期間中、それがくり返されるのである。

医者にも見せないで、それが悪性の何型だか、ただの鼻風邪だか、朦朧《もうろう》として判別出来ないままに、私の風邪はひどくなったり、軽くなったりの昇降線を描きながら、延々二カ月も継続する。自分で風邪にはヴィタミンと思っていて、(それはたしからしいが)蜂蜜、バター、夏蜜柑、牛乳、野菜なぞをとる。錠剤のために食欲が落ちてくると、さすがに馬鹿らしくなって一時中止をする。

そんなことをやって、私は魔の季節をやりすごすのである。

蒼朧《そうろう》とした、ぼろ建築の階下の一部の、貧寒な部屋が私の部屋なのだが、その汚れた壁は、ゴブラン織の装飾小布と、ボッチチェリの「春」を漂わせているし、暗い本棚の色彩の中には、伊太利の古い絵の、暗い部屋の内部とか、闇の中から浮かび上がったような人物たちの、その闇の色の中に、ところどころ配されている色に似た、薄青、弱い薔薇色、秘密の望楼の帷《とばり》のような紅なぞを、散在させてあるつもりでいる。くすんだ薔薇色の、名の分からない花を扇形に挿した、浮彫り模様のある、脆弱《ぜいじゃく》な硝子の花瓶は、今にも消えそうに見えている。

そういう部屋の中で風邪をひいている私は、ドン・ジャンか、ゴヤの自画像にでもなったつもりで、高貴な誇りに満ちているが、そこへ現実の光を当ててみれば、子供のような顔をした一人の中老婦人が、ゴブラン織にそっくりだが、渋谷で買った壁飾りの布や、ボッチチェリの「春」の女神の部分画の複製を張った壁の下で、風邪とたたかいながら原稿を書いたり、オリイヴ色の花模様の大皿に、夏蜜柑とＡ《エス》の牛乳とを満々とみたして砂糖をかけたものを、喜々として口に運んでいる、という、下らない光景が眼に入ってくるのに過ぎない。

現実の中にいて、夢を見ている私は、このごろしきりに男になりたいと思っている。風邪をひいて部屋にいる自分に、ドン・ジャンや、ゴヤの自画像を当てはめてみるのもそのためであって、つまり男になれば、小説がもっと力強く、うまく書けるような気分がするのである。

冗談はおいて、（冗談といってもこれは私としてはかなりまじめな感想なのだが、こんな感想は、一般的にはあまりに空想的であるから）どこからどうしてやってくるのか、スペイン風だとか、アジア風だとかいう名の風邪が襲来するのは、台風とともに、必ず毎年くるに決まっているのだが、そのたびに豪雨の中で堤防造りをやる人々の写真が出たり、ワクチンが何千人分たりないという記事が出たりしているのは、全く哀れな現象であって、馬鹿げた、空想の人である私としては、今書いたような方法でもとって、魔の季節を、首をすくめてやりすごすよりない次第なのである。

第二章　書くことの不思議な幸福

封筒裏のイラスト（1965年8月30日付白石かずこ宛）

書くことの不思議な幸福！

　私はふだん、「幸福」というものについて考えることがあまりないようである。「幸福」について考えない、ということは、莫然と、自分が幸福だと考えているせいかも、知れない。それというのが、生れてから何十年となく生きている内に、手の届きそうもない、とてつもない幸福について空想の時間を使う、ということがなくなったからのようだ。（もっともいくつになっても、子供の心境にいるから、夢のような幸福をゆめみて、本当にそうなってしまっているような気になっていることもある。）それともう一つ、自分の「不幸」というものが、自分の頭の足りない部分に起因していることが判り、その足りない部分のある頭によって出来上った性格が、なんとも説明のしようのない変ったものになっていて、その性格というのが、どんなことをしても直らないものだということが判って来たので、自分に所持可能の幸福だけでいい、と、思うようになったらしい。私の子供のような心は、それがあんまり度を越しているために、世間の変人を、かなり度の酷《ひど》いのまでみているのだろうと、思われる、職業についている、鋭敏な触覚をつけているらしい人物の中にさえ、私の馬鹿々々しさを演技と思いちがえているらしい。私ははっきり、それを感じ取る、不幸な瞬間を、持っている。

私がそういう風に、判った考えになって来たのは、私が何か書く生活をするようになってからのようだ。人間というものは、というより、私のような莫然とした人間というものは、と言い直した方がいいのだが、どうも私は、自分の思っていることというものが、ペンを持って紙の上に書いてみてはじめて、はっきり確認されてくるような具合である。何かを書いている内に（小説でもなんでも）、頭の中にもやもやしていた考えの断《き》れはしが、まとまって来て、書きながら「成程」と、思うという感じである。たとえ八百屋でも、女よりは「考える人」であるところの、男という種族の、その中でも偉い男の人でも、ふだんはそんなにはっきり、本に書いてあるような具合に思考しているわけではないのじゃないだろうか。思考というものは「ことば」である。そうしてそのことばは紙に書いた方が、誰にだってはっきりしてくるのじゃないだろうか？（この「思考はことばである」という素敵な言葉は、すごく偉いらしい岡潔と、小林秀雄という二人の人の対談を読んで、成程と思った言葉である）私なんかはふだんは、昼は何のおかずにしようとか、マドラス・シャツを買って着たい、とか、そんなことを考えていて、真面目になって考えろといえば全くのところ、ペンを持って紙に書いてみてからの勝負である。

話は横道に外《そ》れるが、男という種族の中の、偉い人たちの中でも秀抜な人物の頭で考えても、私たち人間の細胞というものが、まだよくわかっていなくて、そのために、その細胞が癌性化することについても、やっぱりわからない、ということを、此頃どこかで読んで、絶望している。それでは脳の細胞についてもわからないわけだから、考えるということも、たよりないことになってくる。

私はなにも、自分の頭のたよりないことを、学問の未発掘のせいにするのではないが、（宇宙や、その中にいつのまにか生じて来た生物のことは大変にむつかしいのだし、それを判ろうとする学問というのは、ひどくむつかしいものなのだし）この、細胞が癌性化するところが、よくわからない、ということは、この頃特に、たくさんの人々の幸福の根本のようなものになっている観があるから、それがたしかでないと、生活の快、不愉快、幸福、不幸も、考えたって仕方がないことになってしまって、なんともいえない、心細い感じの中に陥ってしまう。

　さて、自分には手の届かない、とてつもない幸福を空想しても無駄であることや、自分の不幸が、自分の脳細胞の動きの不全のためであって、どうやってもだめだ、ということがわかって来たのも、何か書くようになってからであるから、何か書くようになったことは、私をずいぶん幸福にしたようだ。自分というものを、外側から眺めることもするようになったし、自分の所有可能の幸福についても、それが案外素晴しいものだということも、文章に書いてみたことで、はっきりして来た。

　経済の方面は特に、とてつもない幸福を実現することは不可能であるから、私は贅沢な貧乏をするようになって、わりに少ないお金で、大いに楽しむように、なった。その楽しい、お金は少しより使わないのに、自分の心は大変なお金持の気分でいるような、楽しい日々も、文章に書いてみたことで、ほんとうにはっきりして来て、色で言えば耀《かがや》いた、鮮明な色のように、なって来た。いい気候になって、空気が乾いて、気持がよくなる、というようなことも、爽やかな風が気分がいいのも、眼に滲みて入ってくるような、花々をみる楽しさも、お湯に入って清潔《きれい》になった体を、花の芯のようなタオルで拭く、気分のよさも、花粉のようなタルカン・パウダアを叩《たた》く楽しさも。すべての楽しさが、それを、どうかしてその気分の通りに書いてみようとして、そうして書くと、はっきり、あざやかに、なって来て、湿った空気や、湯気をかたちづくっているらしい、細かな水の粒子が、顔の皮膚をもやのようにとり巻く楽しさも、もっときれいになるような気がしてくる。

そうかと思うと、自分という変な人間の内部をのぞいてみて、奇妙な、厚い、ぼんやりと曇っていて、向うが見えるような、見えないようなものがそこにあるのを見つけ、それが、硝子にそっくりだということを発見したり。そうすると、自分が何故硝子が好きで仕方がなくて、洋酒の空壜や、コカコオラの空壜を、よく眺めていたのか、ということがわかって、とても楽しく、面白くなってくる。私はやがて、硝子というものは、自分の分身なのだと、思うように、なった。そうするとそこから不思議な空想が出て来て、自分だけにはなんとなく面白く思われる、一つの小説を考えはじめるのだ。

その小説がつまらない小説になったとしても、誰もその小説を読んで、楽しいと言ってくれなくても、面白い、と言ってくれなくても、世の中の小説がどれもみんな、偉い作家の書いた、重みのある、大切なことを見詰めている、或は硬い、鋭い鋭角のある、透明な水晶のような、或は澄んだ、きれいな、透ったものが全体に流れている、というような、素晴しい小説ばかりでなくてはならないということはないのだから、と、そう私は思って、自分の生きている間の、或一つの瞬間、いくらかの刻を、楽しもうと、思っている。

それは私が書く習慣によってみつけた、私一人にだけは、とても大きな幸福なので、ある。

やわらかな気持ちでよい文章と暮らす

私が初めて小説を書いたのは、五十一歳のときである。それまでは、読書も嫌いで、小説どころか、日記さえ書いたことがなかった。とにかく私は汚いものが嫌いで考えるのもいやだから、自然に美しいものだけに触れてきた。街で喫茶店に入って何気なく若い恋人同士を見ても、男の人が膝を組んで石のようなぎこちなさでタバコを持ち、女の人がうつむいて向かい合っている情景など、誘拐された女の子が悪人の前で恋愛ごっこをやっているようで、とても汚い。そんなものは見たくないから、散歩もしなくなり、ただ部屋の中で空想するのである。

初めて書いた小説は、自分が幼く幸福だった頃、母がお風呂に私を入れてくれるとき、湯殿の脱衣所の床にランプが置いてあり、母の裸形が壁に大きく映ってそれがとても美しかったので、描いたのである。

幼い頃の私は、朝も昼も夜も、たいへん幸福で美しかった。いつも父、鷗外の膝に抱かれていた。そういうときの父は、私がたいへん奇麗に見える魔法の眼鏡を掛けていて、「目も鼻も奇麗だ、口も眉も髪も奇麗だ、性質もおとなしく素直だ」と、お経のように毎日繰り返し賞めてくれた。その当時の私は、本当に自分が一番奇麗で良い子だと信じていたから、十五、六歳になって、自分より奇麗な女性がたくさんいるのにびっくりしたのである。それ以来、私はいつも、父が魔法の眼鏡で見た自分のようになりたいと思っている。

そのようにして、口のきけない頃から膝に抱かれて父の雰囲気のすべてを感じていた私は、女学校に通うようになってから、初めて父の翻訳ものを読むようになった。父の小説は全部理屈でできている文章で、少しもよくないように私には思えた。父も自分自身でそれがいやだったから、翻訳はみな情緒溢れるものを選んでやっていたのである。それらのものを読み出して、私は〝空想する〟ということを身につけたのである。だから、私は〝退屈〟というものが、まったくわからない。ごろんとベッドに寝転がれば、すぐに空想の世界に入ってしまう。

たとえば、『恋人たちの森』という私の小説は、ある日突然、ジャン・クロード・ブリアリとアラン・ドロンの映画を見ていたときに、できたのである。「こういう素敵な三十七、八歳の男性は、イスから立ちあがるときはどのようにするだろう」「それに対して美少年は、どういう動き方をするのだろう」と空想していたら、ブリアリとドロンが私のすぐ傍らに佇んでいて、実際目の前にいるように演技して見せてくれたのである。びっくりして、「ワァ、奇麗だこと！」と感動している間に、小説はできあがっていた。翌年書いた『枯葉の寝床』も、ブリアリとドロンの映像が書かせたようなものである。そして今でも、私の想像の森の中の家に住むブリアリとドロンは、「まだ書いてくれ、まだ書いてくれ」と言い続けている。

美しい文章を書くということは、やはり、自分の内から、自然に流れ出てこなくては駄目である。良い文章を書こうなどと小手先の技術だけにこだわっても良いものは生まれない。また、自分の書こうとしていることが、相手（読み手）に伝わることが肝心である。どんなに美しい言葉を綴ってみても、相手に意図することが伝わらないようでは、それはただの駄文である。

そのためにも、幼い頃から、良い文章に触れることが大切で、美しい小説を読んでいれば、それが自然に身体に染み込んでいく。

幼い頃の私に、母がよく童話を話してくれた。父がベルリンとミュンヘンに八年間もいたこともあり、ドイツのお伽話をたくさん知っていて、子どもたちに話して聞かせるようにと、母に教えた。魔法使いにカエルにされてしまった王子さまが、湖で遊んでいたお姫さまの金の毬を拾って、お城の晩餐会へ行き、お姫さまのスープを飲んでしまう。怒ったお姫さまは、カエルにものをぶつける。すると、パチンと音を立ててカエルは割れ、なかから、とても素敵な王子さまが現われ、やがて二人は結婚する——このような素敵なお伽話を、いつも母から話してもらっていたのである。

奇麗なものを見たり、美しいものに触れて、感動することのない人、汚いものを見て平気でいられる人は、すでに美しい文章を書く資格を失っているのである。感動はしても、美しいものを書くところまで至らず、ただ感動しただけで終わってしまう人もいる。しかし、それはそれで、感性というものは磨かれていくから悲観することはない。

美しいことに感動できる人が、常に奇麗なものだけに触れ、それらが身体の内に染み込んでいき、やがて、自然に流れ出るように美しい文章を書く。これが、もっとも理想的な美しい文章の成り立ち方だと思う。

ただ、手紙のように決まりきった文章というものも時には必要であるし、世の中を渡っていくのに、どうしても、おめでたいことがあればおめでとう、不幸があればご愁傷さまというように、形式というものは必要である。そういうものは、お手本もたくさん出ているし、それらを参考にしても良いと思う。けれども、小説とか美しい文章というものは、自然に流れ出るように書けなくては駄目だと思う。

それは何も、小説家のように流れるように、閃めくように書くのが良いというわけではない。あくまで自然に、自分の感性に溢れ、意図が伝わる文章こそ、よい文章なのである。

私が大好きな文章を書かれる人に、先年亡くなられた網野菊さんという作家がいた。網野さんは純粋で、本当に子どものような感性をもった方である。ある日、私が本を贈ると網野さんから早速返事がきた。そこには、差出人の署名がなかったので、とりあえず版元の新潮社へ礼状を出したのだが、夜になって同じアパートの友人から「ここに金で署名してある」と教えられ、よく見たところ、あなたの名前が書いてあったという内容の手紙だった。これが実にいい文章だった。また、ある時は、水道橋のお能の会に出かける際、着物と帯は決まったのだが、金具付きと付いていない二つの帯止めを決めかね迷った様子を、凝った文章技術もなく、子どものように、細かく書いてある。あどけなく幼いが、たいへん立派な文章だった。あれほど美しい文章というものは、なかなかない。名文家と言われる人によってとてもよく書かれた文章があるが、やはり感動は網野さんの文章の方が、数段上である。網野さんの純粋なこころ、子どものような感性が、溢れ出ているので、彼女の文章は他の人をも感動させてしまうのである。

私は、八十歳になった今でもよく五、六十歳にしか見えないと言われるが、それは、こころが誰よりも若いからであろう。奇麗なものを見て奇麗だなぁと思う、美しい文章に触れて、何と美しいのだろうと素直に感動する。これは、十五、六の少女だった頃と、今でも少しも変わりがない。人間は歳をとるに従って、感動するこころというものを、少しずつ失っていってしまう。

まだ私が離婚していない頃、幼い息子と共に、庭を眺めていた。おやつにリンゴを食べた後だったので、リンゴの種を庭の木の下に埋めようかということになり、二人でシャベルを持ち出し埋めた。私はいくらバカでもおとなだから、（無理だろうな、せめて芽だけでも出てくれたら子どもが喜ぶのになぁ）と思いながら種をまいている。ところが、息子の頭の中には、次の年の秋、大きなリンゴの木にユサユサとたくさんの赤い実がなっている映像が広がっていて、本当にリンゴがなると思っていたのである。

こういった、幼い頃の純粋なこころ、汚れのない感性というものは、本当に大切なものであるし、できることなら、一生守り続けたい。それは難しいことであるかもしれないが、日々ほんの少しの注意で守っていけるものである。だから私は、文章技術を磨くなんて無駄なことをする前に、奇麗な空を眺めなさい、素敵な景色を見つけて散歩しなさい、美しい文章に触れなさい、そしてそれらすべてのことに素直に感動できるこころを持ちなさいと言うのである。

（談）

カッコイイ　ぴったりくる言葉

（ことば）について書こうとすると私は直ぐ、ことばに対して敏感で潔癖な詩人たちや小説家たちの文章を思い出してしまう。

ことば、言葉、ことのは。

ジャン・ルイ・バロオのハムレットが、善良な悪魔のような、黒びろうどに銀の飾りのある衣裳をきて、黒いタイツの繊い脚でゆっくりと舞台を歩き廻りながら言う科白の、

「Les mots, les mots, les mots」

（言葉、言葉、言葉。）

たくさんの言葉で出来上った、小説という名の家や城、塔。（塔は詩である。）きれいな言葉や囁き（手や体の）で出来上る恋愛。生きもののような言葉たち、あらゆる

色彩《いろ》のある言葉たち。香《にお》いのある言葉たち。灰のような言葉、死のような、動かない言葉。深い森の中の美しさのように、陽を零《も》らし、光を透かし、翳り、暗い闇をつくり、積み重り、執拗な苔を蒸させ、茸や土の香いをさせる言葉、獣《けもの》の息吹き、闘争する獣のあえぎや呻きを聴かせ、血が滴り、匂い、蛇が匍い、相手の獣を巻いて屠り、獣の腐臭がするような気配をつくり、又静かな時には蛇たちの舌が微かな火を吐き、木の実を降らせ、新鮮な茸の香いをつくり、小動物が群れ跳ぶ楽しさをみせ、というような言葉の群……

大体私にとって言葉というものは右のような、素敵なものであるが、摩迦不思議なことに右のようなイメエジとは全くちがう、このごろの子供や若い人の喋る流行語も私は大好きなのだ。神経にぴったりくるからだ。昔からあって残っている言葉も、神経にぴったり来たからなので、私が両方好きなのは不思議ではない。私は滑稽な小説や随筆には流行語を入れている。現代のそれらの言葉たちはみんな生きて跳ねおどっていて、感じがぴったりしていて魅力を持っていて、一度覚えて使ってしまうともうそこの場所には他の言葉は使えなくなる。昔からそういうお婆さんはいたが、テレヴィが殆どの家に浸透したころから、テレヴィっ子と同時に少数のテレヴィ婆さんが出て来た。私はテレヴィは持っていないが、その一人らしい。頭の触覚が生きていれば、テレヴィを見なくても、うちに子供がいなくても、現代の中にあるものはどうしたって頭に入って来ないではいない筈である。現代の言葉も神経にぴったりくるのは大分前から、（このごろのように、日が速く経つ時代では殆ど昔といってもいいころから）すたらないで残っている。カッコイイもその一つだが（カッコイイ）という言葉は全くカッコイイ言葉である。（カッコイイ）は、洒落ているとか、勇ましいとか、強いとか、何かがうまいとか、いやな奴をうまくやっつけたとか、あらゆる場合に広大無辺に使われていて、大体、小気味いい、というような意味に使われているようだ。

私は現代の子供や若い人の言うように、「カッコイイ」と言ってみたくて言ってみたが、どうも私が言うとカッコよくないので、注意して彼らの発音をきいてみたところ、彼らは「カックイイ」と発音していた。私は最近、ハヴァナの極上等の葉巻の香いのように、フランスの香いが燻《くゆ》りたつ感じのする、ジャン・クロオド・ブリアリが、ナポレオン時代のような形のコオト（黒）を、ざっくり編んだ太糸毛糸のとっくりスエータアの上に着て、微かに微笑《わら》いを含んだ立ち姿と、ロオルス・ロイスの横に長い座席に、長々と横たわっている、シルヴィー・ヴァルタンの寝姿を雑誌で見たが、まさにカッコよさの頂天である。

私が好きで使っているのはカッコイイ、いかしてる、さえてる、なぞで、サイケな、も、ハレンチ、ハレハレも面白い。(とても)と(すごく)も感じが面白いので大分生命が長い。バツグンはあまり好きでなくて、最高がとてもよかったが困ったことにこういう言葉は一寸古くなると使ってはおかしくなる。このごろ巨泉によって生れた、ゴルフの玉が通りすぎてしまうかというようなことを(すぎちょびれ)と言ったり、万年筆が気持よく滑る状況は(ハッパフミフミ)とかの言葉は特別な面白さがあって、日常語にはならないが新鮮である。私のところに遊びに来るお嬢さんは他のことを言おうとしてハッパフミフミと言ってしまうのだ。

最後に、最近新聞に誰だったか女優が、何か言う度に一つの字の次にいちいち、他の行のその字を入れて喋る言葉の遊びをやっているという記事があったが、(たとえば、アメリカ、という場合にガ行を入れるとすると、アガメゲリギカという風に喋るのである。)その遊びはとうの昔、四十年位前に私が妹とやっていた遊びで、私たちの時はラ行を入れた。アンヌ(妹の名)チャンという場合はアラヌルチリヤラン、薔《ば》薇《ら》という時はバラララという具合。又、何語でもない私たちだけの言葉を発明して遊んだ。鶏がガーハ、花は軽くコンと発音する、なぞである。

樂しみよ、今日は　新聞よ、さようなら

テレヴィとかラヂオに、どうかした拍子で十五分位出されることがある私は、その度に無駄だなあ、と思うのだ。——私が出る時はきまって本を出した時その本について十五分、司會者と喋べるのであって、相手は三國一朗にきまっていて、ロビーにいると向うから彼が私の本を持って近づいてくるのが、いつもの光景であるが、(斷ってておくがこれから書くことは三國一朗には責任はない) どういうわけかわからないが私がその本について喋りたいことは訊いてくれない仕掛になっていて、始まる前に司會者と打ち合せをする時に私が喋ったことは、本番には出てこないのだ。司會者の質問に答えるシステムになっているから、三國一朗を押しのけて「えゝ……。この本はお金を遣わないで贅澤をすること、つまり貧乏な贅澤ということについて、綿々と書きつづったものでありまして、讀んだ人は貧乏な贅澤というものがどんなに樂しいか

ということを判るという本でありまして、そのかたわら世の中のいろ〳〵に對する私の考えを一行ごとに縷めてある、という本でもありまして……」と言ったり、又は「この本は男色小説と言われておりますが、私はそういうことを書いたのではないのでありまして、單に粋な戀愛というもののきれいさと恐ろしさを現わしたものでございまして、ギドオに愛される少年のパウロの名をユリアという少女の名におきかえ、體の描寫を一寸かえさえすればすぐにふつうの戀物語に變わるのでございます。ただ映畫雑誌にあった、フランスの映畫役者の美男二人がよりそっているプライベエトの寫眞を見た瞬間、ロメオとジュリエットにも源氏物語の中の戀人たちにもないきれいさといきさとを感じとったので、男と男になってしまったのです。又その若い方の役者をみて、少女よりももっといかしているし、もっと魅力的で、殺人的な魔をもつ若い人間を出せると思ったからなのでございます……」なぞと言ったりするわけにはいかない。まことに困ったことなのである。私の本はよく言えば異色小説であり、悪くいえばへんな小説なのであるから、質問の種類も、答える方も變ってくるのが當然であって、變っていればその變り具合によって、視聴者も、一體どんなことが書いてあるのか？　という疑問を持ち、その中のだれかは本を購入して見ようかと思うかも知れないというものであって、全くどこといって變ったところのない質問に、これ又全く變ったところのない返答をするのでは意味なしである。私をテレヴィ、又はラヂオに出場させて、私の出した本を、紹介するということは、私の本を少しでも賣れさせてやろう、という意志にもとづくことなのだろうと思うが、私の本は廣島の被爆者の二十年間の苦惱を書いた本でもなく、前衛的なよくわからない、わかったと思う人だけがわかったような氣になる本でもなく、母性愛の本でもなく、このごろ流行《はやり》の「家庭の崩壞」でもなく、深刻な戀愛（現實の）でもなく、女の業でもなく、明治の女の生活記錄でもなく、花の話でもなく動物愛の話でもないので、私の本の場合、その變っているところを質問し、書いた人間に答えさせなくては、なに一つ意味のない本だという印象を與えることになり、オーガイの娘が書いた本であるということだけの印象になる。それもオーガイが現在まだ生きていて、四十代で、その娘で二十二三である、とでもいうのなら、そうして美人だとでもいうのなら、男の視聽者が興味を持つかもしれないが、文久二年生れ、大正十二年沒のオーガイの婆娘《ばばあ》では全くもってアッケラカンな話である。それでなくても私はマスコミ作家ではないから、大多數の茶の間族は、なにものとも知れない化けものが畫面に出たのを見れば＝私は寫眞映りもテレヴィ映りも惡くて、化けものに映るのである＝なんだろうと思う暇も、つまらないと思う暇もなく無意識の内にパチンと切り替えるだろうし、私の化けもの顔が映るや、おやモリマリだわい、と思う、ごく少數の＝海の水の一滴のような＝人々は、私が化けもの顔を現わそうが、現わさなかろうが、全く關係ないのであって、私の本は既に彼らの本棚に收まっているのである。であるから私が死ぬよりいやな思いをして、化けもの面《づら》を全國津々浦々の人々のご覧に供するために早く起き、局から車はこないから、その局の場所を知っている運轉手を探して來るために、一時間も早く部屋を出てうろ〳〵するというのは全く無意味なのである。むろんその大多數の視聽者の中にはテレヴィ、又はラヂオに出たという理由によって、ふとした氣紛れで私の本を購おうとする人も出るということはあり得るが、私の本はごく少數の讀者をあてにその數だけ、きちんと出すのであるから、批評を讀んだり、テレヴィを見たりしてから本屋へ行ったとしても＝たとえ馳け出して行ったとしても＝その本は既にどこにもないのだ。重版はそれらの人々が忘れたころに出る。要するに、テレヴィやラヂオの上の方の人物たちはごく少數の視聽者はゼロと見なしていて、なんでもかんでも所謂茶の間人種にピントを合わせることにしているらしいが、（家庭の茶の間にも異人種はまじっているのであるし、ラヂオはいわずもがな、テレヴィも今では茶の間だけにあるものではなくなっているのであって、テレヴィやラヂオの上の方の人たちは、映畫の觀客の大部分を占めているミーハー族が永遠に變化しないという固定觀念に陷っている映畫のプロデュウサアと全く同じ觀念を持っている人物なのである）ごく少數の客をゼロとみなす商賣人は一流とは言えない。大體彼らは、アチャラカだと思っている番組を一流のインテリ人種が喜んでいて、彼らが高級なものと思っているものを、贋インテリが觀ているという現象も知らないのだ。

　テレヴィやラヂオはともかく、今日は新聞について書くのだった。そうだ、もう一寸テレヴィとラヂオについて書くのだった。テレヴィやラヂオで私に來させる時、車は來ないのであるが、車がこないことについてぶつくさ言うほど私は矜持のない人間ではないので、ただ困ることに私は痴呆に近い地理オンチで、私の友だちたちは私をこさせる時には車に乗ってアパルトマンまで來て私を拉致して行き、かえりはアパルトマンまで送りとどけることになっている。道のわからなさ加減は白痴同様なので、どこかの家の門から、よくわからない町へ追い出されると、（向うではなにも追い出したわけでなくて、大人の女だから一人で歸れると信じているので、玄關まで送って出てさよならと言うのにすぎないのだが）忽ち心細さが、大きな婆さんの胸の腑にかがよって來、みる〳〵うちに昂まり、胸全體を寂しい水のように浸して、知らぬ他國に放り出された十四五の田舎娘のようになるのだ。それで室生朝子や萩原葉子と一緒に出る場合（この場合は父親について訊かれるのにきまっていて、私たち三人は永遠に父親について喋らされるので、種切れになり、平べったくカチ〳〵になり、横っ腹が破けた歯磨きのチューブのようになっているのを又もや一生懸命に絞り出すのである）局の人が室生朝子の家へ先《さき》に行けば、彼女が私の異様な道オンチについて話し、「車を廻さないと駄目よ」と言うので心配ないのだ。

さて、新聞についてである。私はあまり新聞には縁がないが、或日、北海タイムスからエッセイスト・クラブを通じて、論壇に一年連載するようにという話があった。私はそのころミセスに連載していて、月一回のでさえ忽ち廻って來て大變なのを知っていたので、半年にして貰った。忽ち六ケ月は飛び去ったが、エッセイスト・クラブの小島さんが言うのにはもう半年延ばして貰いたいと言っているというのである。半年目が來た時私は、ほっとする一方で、一寸がっかりした氣分もあった。というのは、最初の話の時、論壇だというので、私は出來ないと言うと、隨筆でもいいというので、私は大勢の本職の評論家が揃っていて、（私を入れて二十人）論は充分書くから、週に一度位は呑氣な文章がまじるのもいい、という意向だとわかったので、書くことにした。ところが、假にも論壇なのだからと思うと、素人の（ロン）でも書いてみたくなって、日頃怒っていること――政治のこととか、タクシーのこととか、アメリカの白黑のさわぎとか、いろ〳〵な點で十二歳以下である日本人のこととか、泥棒を追っかけて組みつく、ぞっとするようなバカ氣た街の人々のこととか、を書いてみたり、書けば書くほど怒《いか》って來て面白くなり、止めたくない感じになっていたのだ。全くバリバリ、書いた。それでもう半年延ばすことにした。その內又半年、半年と延びて、私としては始めから二三年續くことになっていたらしい他の十九人の評論家のようではなくても段々延びてくることにキン然となって書きに書いた。むろん私の（ロン）が本職に伍しているから延びたわけではなくて、月に一回へんな奴が出て來て書くのが愛嬌になっているからなのは知っていたが、私としては自分の（ロン）に一寸は自信が生れて來ていた。というのは私の（ロン）は本職の人々と比べると稚いほど——赤シャツに嘲われる坊っちゃんのように——心の底から本氣に怒っている點と、＝本職の人々は永年やっているので既に怒り疲れていたのだ＝キャリアも十年と少しだしうまくもないが文章を書くことで生きているので怒りをこっけいに表わしている點で變っているのだ。私は時々こっけい小説を書くが私のこっけい小説を面白いと言ってくれる人があるのも、本氣の怒りがにじみ出るからだと思っている。そういういい氣な老人もあっていよ〳〵乗り氣になっていると、或日突然載らなくなった。向うに二つ三つストックが出來たままなんの傳言もないので私は怒って、そのまま出さなくなった。エッセイストの小島さんに電話できいてみると、「他の人々からも苦情が來ているが、社長が變って混亂しているためらしい」と言うのだった。私は何も知らない小島さんに怒っているような感じになって困るので電話をやめ、一人で怒っていると、二ケ月位經って再び小島さんから電話があって、北海タイムスから、又原稿を送るようにという手紙が行っている筈だと言って來た、というのであるが、私はよく、誰だかよくわからない手紙はなんとなく、その內開けてみようと思いながら放っておいて、どこかへ紛れこむこともあるが、そのころは北海タイムスで怒っている最中であるから、北の字と海の字まで讀めば開封しないはずはないので、確實に來ていないのである。或は又原稿を又送れという手紙が本當に來ていたとして考えても、三回分もあるストックをそのままにしておいて、出せというのはバカ氣た話である。——無論私は私の可哀そうな（ロン）が載らなくなってから確實に三ケ月は、北海タイムスがくる度に開封して、載っていないことを確めている——私はそのまま沈默を守っていた。大體社長が變ろうが、便所掃除の婆さんが變ろうが、續けて出ているものは續けて出すのが當然であるし、打ち切りなら打ち切りで理由をのべるのがこれ又當然である。頁數のバカに多い北海タイムスは相變らずドサリ、ドサリ、と倉運莊の郵便うけから他の郵便を押しのける勢いで每週入ってくる。私は北海タイムスを見るのも厭になって、帶封のまま屑屋に拂っていた。北海タイムスは、依賴した連載原稿を掲載する義務は果たさないが原稿の載っていない新聞を郵送する義務は永遠に果たすつもりらしいと、私はふくれっ面《つら》で思った。

かくてうやむやの不愉快の內に北海タイムス事件は終焉したかに見えたが、或日突然この欄はこれで打ち切りにするという通告が來て、よう〳〵ことがはっきりした。社長が變らない內は素人の（ロン）を何度も延ばして載せてくれた上に、ジャガイモや鮭を送って來たが、社長が變るや否や、文章はパッタリ載らないどころか北海道の土一粒も來なくなった。何もジャガイモや鮭を貰うために北海タイムスの新しい北海タイムスの新社長という人物は、一通の通知狀を出すのも、エッセイスト・クラブを通じて事情をはっきりさせるのも、ジャガイモを送るのも鮭を送るのも、すべて面倒なことはやらない主義の人物らしいのだ。

よう〳〵北海タイムスの事件が終焉したかと思った時、今度は「今週の日本」というこの頃出たばかりらしい新聞から人が來て、私と他に三人と都合四人で週に一度ずつ書いて一年間連載という依頼である。（ロン）というものにやたらに凝り出していた私は又もやスケべって引受け、面白がって書き始めたが、（私という奴は厭なことも、樂しいことも忽ち忘れ去るという特技をもっていて＝厭なことの場合は大ていの場合はトクであるが樂しいことの場合は、相手が人間の場合はこっちは茫《ぼおっ》と雲か霞かの状態、相手の方もアッケラカンとなるのだ＝「今週の日本」の場合は全くバカげ切ったことになったのである）こんどは三回だけでパッタリ載らなくなった。又怒っていると、依頼の時に來た人らしい人が電話で言って來た打ち切りの理由は、自分が旅行をしていた留守によくわからない人ばかりになったので、混亂したことと、新聞の出始めた當時は書いてくれる人がなか〱なかったが今では多數の寄稿者が出て來たこととの二つである。社長が變って混亂したり、擔當の編集者が旅行したるすに混亂したり、新聞社というものはよく〱混亂するものだと、私は驚歎していると、こんど伺ってお詫びをするといったままなか〱現われない。私がバカ面《づら》で待っていると、少間《しばらく》して來たが、理由は電話の話のくり返しである。「今週の日本」は突然中止にしたばかりではなくて、三回載った最終回の時、私の書いた文章の題は「キャラメルとゲバ棒と大學教授」だったのが、「キャラメルとゲバ棒」になってい、――大學教授に遠慮したわけでもないだろうが――文章もどこかが抜け短くなっていて、おまけに、私の名はなくて、東京都、世田谷、森生、となっていた、というハプニングである。

（一體なんだっていうんだ）と、私は心の中で惡態をついた。

この二つの新聞事件で私が感じたことは、（日本のジャアナリズムだなあ！　日本の新聞だなあ！）という感想である。北海タイムスにロンを書いていることを誰かに話した時、その人が言った。(森さんに書かせるのは偉いなあ)と。それは、私があまり知られていないが上手《うま》いから、或は小説を書いているが評論も出來るから、というので書かせたので偉い、という意味ではむろんなくて、評論の玄人でもないし有名でもないが、一寸變っていて面白い森さんの文章を、論壇に載せるという、型通りでない執筆者の選び方、つまり一寸したハプニングをやったことが偉いと言ったのである。そういうやり方は外國のジャーナリズム的である。私は外國のジャーナリズムを知っているわけではないが、新聞や週刊誌からなんとなく入ってくる智識が、私の皮膚に感じさせる、外國の新聞とか週刊誌とかのありかたには型破りをどん〱やる餘裕のある感じがあるのだ。たしかにこれは一寸冒險的(私の外の十九人の人々が全部專問家なのだから、冒險ともいえないがそうかといって、型に嵌ったやり方を、一方でも枠を外しては大變だ、という感じで守っているのが普通であることを思えば一種の冒險である。)なやり方であって、名前も知らないし、見たこともないが、北海タイムスの前の社長を私はなかなかいかす人物だと思っている。私はこの頃、小説を書く時のほかは眞面目な雜誌にでも一寸ふざけたような文章を書く癖がついているが、そういう私の文章を延々と連載した(しかも論壇で)というのがいかすのである。

今度の社長が型破りをやらない質の人物であって、そのために執筆者の一人を外す、というのもごく當然のことであって、それでもいいので、默って中止するのが困るのだ。「今週の日本」はとにかく混亂狀態をあやまって、理由も言って來たが、よくわからない理由では默って中止したのとあんまり變らないのだ。

　毎日の生活の中に獨特な樂しみを持っていて、その變った樂しみ（その樂しみというのはピータア・オトゥウルのヘンリイ二世の、女以上に甘ったれな、表情や、魅力のある子供よりも甘えたようすで、匙でなにかすくっている「冬のライオン」に出てくるらしい坊主の手付きや眼の表情に見とれるかと思うと、天國に遊ぶ人の顔つきで、グラニュウ糖をまぶした板チョコレエトをなめては挽茶を溶かした水を飲んだり、シドニイ・ポワチエの誠實な馬丁のような顔や、アンソニイ・パアキンスの、どういうわけか神樣的な顔をした眼つきにみとれたり、という、へんな樂しみで、私の年の婆さんとしては發狂狀態である）をあたかも食べもののようにむしゃ〳〵やり、次から次へと樂しみを頬ばっている私のことであるから、二つの新聞事件のバカ〳〵しさもすぐに忘れ去るだろう。

（樂しみよ、今日は！　新聞よ、さようなら！）と呟いて、この原稿を終る。

事実と空想の周辺

知的作業とクーラー

このごろは夏は暑くて引っ込んでいるし、冬は寒くて駄目。だから昔ほど映画も見なくなった。若い時分は本を読むかわり、映画のために生きているのではないかと自分で思うほど、今日は目黒のキネマ、明日は東宝と走りまわっていた。今の人は分らないかもしれないが、入谷の金美館という映画館にもよく行ったものだ。しかしこのごろはもっぱらテレビを見るようになった。

冷暖房といえば面白い話がある。私は最近になって、やっと冷暖房を入れられるようになった。それまでは入れたい入れたいと思いつつ二〇年間我慢してたといえばていさいがいいが、つまりお金が無かったのである。左うちわといえば楽なことの代名詞だが、それまでクーラーのない夏などはものを書きながら、左手のうちわであおいでいた。でも手が疲れてしまうのでいつも夏はダメで、やっと秋になって書き物が出来るというありさまだった。クーラーというのは、もの書きには必需品に近いものであると思う。

いつだったか三島由紀夫さんにお会いしたことがある。その頃の私は一〇万円も出せないのに、八〇万円のドイツ製のクーラーの広告が新聞に載ったのを見て、つい「新聞に八〇万円の西独製のクーラーがでておりましたが……」としとやかな声で、三島さんにいった。そして、そのすぐあとに「でも、お金がないから買えません」というつもりだった。すると三島さんが話の途中で、例の大きな声で「すぐ買えばいいのに!」と言う。三島さんにとって八〇万円は一〇〇〇円ぐらいの感覚だったのだろう。私は恥ずかしくて、買えませんという言葉が言えなくなってしまったことがある。

最近は、乱雑ではあるが、テレビも本も置いてあるベッドの上でものを書く。昔は下北沢の「風月」とか、「スブローザ」という喫茶店でよく原稿を書いたものだ。

以前、円地文子さんのお宅へお邪魔したことがある。円地さんのお宅は玄関とは別に、直接に編集者が書斎に入れるように入口があり、なかなか便利だなと感心したことがある。部屋の中もきちんと整理され、低い脚のベッドがあって、その上に座布団と机を置き、円地さんはシャンと正座してものを書いていた。室生犀星先生の書斎というのも、チリひとつないお座敷だった。その部屋に入ると、小さな机と座布団が敷かれていて、その机の上には特別な感じの万年筆が一本と、原稿用紙が置いてある。そこへ庭の青葉の影がガラス戸を通して、机と原稿用紙の上にも届いていた。それと比較すると私の部屋は豚小屋とでもいうのだろうか。

読書嫌いの空想好き

蔵書などは、本棚に背をみせて並べるのが普通だが、私はそれが嫌なのである。こういうのを読んでますっていう感じが、自分を落ち着かなくさせる。

実は私は読書が嫌いである。その程度の読書だから、生まれてからただの一度も図書館というところへは行ったことがない。

ほんとうは文学者ならば古今東西の文学書を読むとか、作品の中で間違った描写をしないために地理の勉強とかしたほうがいいのだろう。でも私の小説はフィクションなので、混血のデュランと美少年のパウロとか、どこにもいない人を書くわけである。たとえば作品の中に、厚木街道のはずれに深い森があってという具合に勝手に森をつくってしまう。でも熱心な読者の方がいて、わざわざその森を探しに行って、ありませんでしたが、とお便りを下さったこともある。フィクションを書くのが好きというより、フィクションでなければ上手く書けない。過去にあった事実を書くというのはダメ。空想するのがとても好き。そういうタチだから私の場合は実地考証がいらない。

父の小説を、あまり私は好かない。なぜかというと、最初の一行を書くときに最後の行がわかって書いている。どちらかというと父は学者。家を建てる時に、この柱はここにして別の柱はあそこにしようという小説なのだ。私は古今東西変わらない恋愛心理小説を書くが、本人は、いちども恋愛をしたことがない。そういう気持にはなったことはあるが、みんな心の中ですんでしまう。そうでなければ恋愛に近い状態、つまりお互いにその気分を言葉で交換する感じ、言葉の遊びとでもいうのか、そういうことはあった。私は一六歳から二六歳まで結婚生活をしたが、そこでの男女の関係は、恋愛生活とは違って単なる日常生活に過ぎない。

小説家の想像力

私は、空想が膨らむ人がいちばん最高だと思う。私の小説にホモセクシュアルな恋愛心理を書いたものがある。昔、亡くなった平林たい子さんが、それを読んで、森茉莉さんはたいそうホモの心理に通じているからレズではないかと言ったことがある。私はとても腹が立って、あるところに「それでは作家に想像力は必要ないのか」と書いたことがある。作家が実際に経験したことしか書けないのなら、殺人者の心理は、人を殺さなければ書けないということになる。小説は空想することによって面白くなるのだ。

事実を書くことが非常にお上手な、私の親友でもある萩原葉子さんという作家がいる。この人の小説を読んでいて、父上のことを書いた場面でとても感心した箇所があって、そのことを葉子さんに言ったことがある。そうしたところ、驚いたことに「あそこの場面だけフィクションです」と葉子さんに言われた。島尾敏雄さんもそうだが、私小説作家の小説づくりの巧みさにはしばしば驚かされる。

私は原稿用紙もコクヨのマス目の小さないちばん安いのを買って、それにボールペンで書く。万年筆だと書く向きというものがあるので、やはりボールペンがいい。一度「エッセイスト・クラブ賞」の副賞で万年筆を頂いたが、その日に失くしてしまった。（談）

漱石のユウモアは暗い小説の中にも

私は漱石の小説を女学校の頃に読み始めたがよくわからなかった。父親のところにおくられて来たのを、開けて読んでみたのだが、十五歳の、それもひどく子供っぽい私にはむつかしすぎた。それは「それから」だった。なんでも冒頭で、健三という男が道を歩いていると、島田という、昔絶交した男を見かける。島田と俺との間には細《こま》かい雨の糸が絶え間なく落ちているだけだった。というような文章があって、（なんだ、よくわかる。面白いじゃないか）と思って読んでいたがすぐわからなくなった。隔世の感があった。という文章にぶつかり、隔世の感がわからなかった。よむ内にいよ〳〵ます〳〵わからなく、わからないために退屈になった。それから大分経ってから「坊っちゃん」を読み、「吾輩は猫である」を読み、「虞美人草」を読んだ。十六、七の頃で、「虞美人草」に惹きつけられた。藤尾を尊敬し、ガァネットのついた金鎖の時計を白い掌で厚板の帯の間からひき摺り出して、「これは私《わたし》が預かっておきます」と甲野に言い放つ藤尾、博覧会の帰りに「驚くうちは楽しみがある」と、甲野が藤尾に言い、その言葉が藤尾の耳に嘲りの鈴の如く鳴った、という描写、甲野さんの財産についての意見を曲って取っている藤尾と母親との対話の間々に池の鯉がはねる音がする所、甲野さんが十一文甲高の黒足袋の雲斎底の裏を見せて廊下を去るところなぞ、細かく覚えている。宗親さんと糸子との会話も面白かったり、藤尾の最後もすごく興味を持って読んだ。だが大人になってからは未完の「明暗」や「硝子戸の中」、ことに「吾輩は猫である」を、素晴しいと思った。何度読んでも始めての時と同じに面白いのがいい小説の特長である。胃弱で、いくらか神経病の気《け》のある苦沙弥先生が落雲館の生徒、なぞのためにひどい不愉快を感ずるのが、モオパッサンの発狂後の小説を読むような深い気の毒さを覚えるのにも係らず、おかしさに読む度に耐えられないほどだ。江戸のおかしみと、英国のユウモアの混合体のような中に、独特の苦みのあるおかしさがある。頬っぺたや着物の胸にヤッとばかり御飯粒が飛びつく娘たちの食事風景、迷亭なぞとの会話、山芋を持ってくる男、泥棒、鼻子の訪問、落雲館の生徒との喧嘩、陽なたで髪を結う奥さんの禿を発見するところ、又汚《よご》れに汚れた倫敦で買った毛布についての描写がすごく面白い。倫敦の店では白の毛布として、たしかに白い色で売り出した毛布だが、今では殆どねずみ色になっていると、書いてある。名作の常として、あそこに描かれていない部分の苦沙弥先生がはっきり、見えてくるのである。たとえば朝、葉鶏頭の赤い庭を、縁側に立って苦虫を嚙み潰した顔で見ている苦沙弥とか、面白いこともないヮという顔で、尻尾を垂らし、のっそり部屋を出て行く猫とか。

ところで、漱石はしんから底から、ユウモアの人で、「それから」とか、「道草」なぞの暗い小説の中にも、彼のなんともいえないおかしみは数え切れないほど顔を出しているのである。「道草」で島田という、昔、すでに縁を切った男が又姿を現わして、或日訪ねてくる。客間に通ったその男がやがて帰って行くが、健三がそこに座った儘でいるところに細君が入って来て、「まだ座っていらっしゃるんですか」というと「もう立ってもいい」と答える。なんともいえずおかしいのである。「それから」で門野という書生を雇うところがある。落語の「もと犬」に、もと犬だった男をどこかのお店《たな》の旦那が雇ってやろうとして、その男と交す問答があって、その問答がひどく面白いのだが、「それから」の代助と門野とのやりとりが、どこかその旦那ともと犬との問答に似ているのだ。又、同じく「それから」で門野が朝、パンをたべている代助のところへ来て、新聞に出ていた学校騒動の事で話しかけるところがある。校長排斥問題である。門野が「だって痛快じゃありませんか、むろん辞職もんでしょう？」という。「校長が辞職すれば君が何か儲かることがあるんですか？」と代助が言う。「冗談言っちゃいけません。そう損得ずくで痛快がられやしません」と門野が言う。その次の地の文がなんとなくおかしいのである。代助はやっぱりパンを食っていた。というのである。漱石の小説は、滑稽な小説でなくても、又、「道草」のような暗い小説の中にでも、時々、おかしいところがある。今も書いた門野だが、門野が湯上りの顔を電灯の光に照らして出て来た。と書いてあるが、何でもないことであるが一寸、笑いたくなるのだ。真面目な、しかも暗い小説の中ででもこんな風だから、身辺小説ではおかしいところは枚挙にいとまなしである。なんだかの小説で漱石の家に、或正月の二日に虚子が来て何かは忘れたが謡を漱石にうたえといい、虚子が鼓の相の手を入れる。漱石はあまり巧くないところへ、時々、虚子が力の入った掛け声をして鼓を打つので、その度にうたの方はよろけて、情ない謡になってしまう。漱石はすっかり悲観しているところに、虚子を玄関に送った細君が戻って来て盛に虚子を褒める。「虚子さんの鼓、お上手ですねえ。あの鼓をお打ちになる度に袖口から長襦袢が出るところもよかった」と、感想をのべる。すると漱石は腹の中で、「虚子の鼓もうまくはなかった。袖口から長襦袢が出るところもちっともよくなかった」と、呟くのである。

漱石の不機嫌がよくわかって、じつに愛したくなるのだ。

こんな風であるから、私は時折彼の小説を手当り次第に出して来てよむが、モオパッサン的に感覚的な文章も、書いてある小説も、じつに素晴しいが、時々出てくる、一流の、本ものの、超老舗《しにせ》のお菓子のような、ふっくらした、甘味の強くない、上品な甘みのおかしみがなんともいえない。なんともかんともいえなく私にはそれが楽しい。そのゆかいさは小説の素晴しさ以上だと言ってもいいのである。

終りに臨んで、一言、無駄口を叩くが、市川昆監督の「猫」に出演したティムのすごい演技を漱石に見せたいと、私は思っている。

楽しい本

宇野浩二の、題は忘れたが宇野浩二によく似た（といっても、宇野浩二を知っているわけではないが、五つ六つ読んだ小説で、なんとなく宇野浩二という人物が暈《ぼんや》りとだが見えているわけで）人物が、母親と、ヒステリイの奥さんと三人で、暮している小説がある。三人で炬燵に膝を入れて、なんとなく（仲よくしているというほどでもないが）黙っていたりしているのだが、会話が、（主に主人公の男が言うことである）その奥さんが狂い出すところに触れると忽ち奥さんが狂い出す。細かく、細かく神経を使っているのだが、一日の内に何度か、危なくなって来るのだ。奥さんは怒り、かつ狂い、忽ち家の中はシュラの場となってしまう。その朝から晩まで、注意に注意しているのに、ふとした会話がもとで危いところに来、奥さんの神経の火薬庫にふれてしまう、大変な生活が書かれているのだが、大変に面白い傑作である。とう〳〵性《しよう》も根も尽きて、男が親類の家かなんかに行くと言って、奥さんをだましてつれ出し、自分は後から行くからと言って奥さんを電車に乗せ、奥さんが知らずに乗りこむのを見届けて、ホッとして馳け出して逃げるところで小説は終っている。

もしこの小説が漱石のものだとして、この男を漱石のような人間物に置き代えてみると、読んでいて気の毒でたえられなくなってくるだろう。又、いくら疲労困憊したとしても、漱石なら、別の方法をとるだろう。島尾敏雄の死の棘の世界を見ても、漱石や島尾敏雄にはいい意味の甘さが、どんなに苦しめられている中でも、働くだろう。宇野浩二の一連の小説で判断すると、彼にはどこか狡いところがある。彼の小説の世界では、彼の奥さんも、恋人も、玄人で、奥さん、或は恋人を、置屋へ行ってかけ合って、どこか別のところに住み替えさせたり、そんなことがよくあって、一条縄《すじ》ではいかない一寸質《たち》の悪い、一寸芝居者のような男に描かれている。一度、映画の試写に行った時、廊下で宇野浩二を見たが、朦朧とした中に、たしかに把握することが出来ないウロンなところのある性格の人間にみえた。全身がぬめ〳〵した頭も、胴も尾も凸凹があまりない、水の中に棲む生物で、岩の蔭とか岩窟の中にひそんでいて、近寄って危害を加えようとするとぬる〳〵したものを全身から出して、姿が見えないようにする。そんな生物のような、そんな一種、いうにいわれない妙なところのある人物に見えた。そういう生物に目があったら、こんな目だろうと思われる目で一瞬、宇野浩二は私の顔に目をあてたのである。

その他、着物を何枚も持っていてそれを質屋にあずけておき、秋の虫干しの時には出かけていって質屋の二階一杯にかけ渡した着物の下で一日ごろりとなって、煙草をふかすのが楽しみな男を描いた、面白い小説もある。「山ごひ」「子を貸し屋」も又、傑作である。

【一点書評】「或る生」

（北杜夫〝新潮〟五四年二月号）

私は本を読まないが、この表題の小説はやがて本になる筈だから、私の買った本として書く。私は常々北杜夫は「マンボウ」より彼自身を描いたものの方が好きだ。素晴しくて素晴しい。主人公が躁になり、株のうり、かいに常規を逸して狂奔し、新潮社社長がゴルフに行っているところへ電話しろと言い、同社の社員の持金をかき集めろと言い、結局大損をする。夜中にテレヴィをつけたり歌を歌うので妻は別室で寝ている。河豚中毒の恐怖に襲われる。又夜、顔が乾くので濡らしたタオルで顔を濡らす。

私はここで笑った。大変面白い作品だった。

「新刊展望」アンケート

森　茉　莉（文筆家）

◇憂　国　三島由紀夫　新潮社

◇天上の花　萩原　葉子　新潮社

◆「憂国」は表題通りの内容ですがワイルドやダヌンチオ、南北、等の血の美と、純愛とを描いたものとも思われ現代では薄れている秀れた傾向のものとしておすすめします

「天上の花」は三好達治氏の孤高な詩人の面にも、女の人に溺れた弱い面にも、真の愛と敬とをもって書かれた伝記ではあるが小説でもあるというい い本です

樹や花、動物は一緒

室生朝子さま
お手紙楽しく読ませていただきました。私は明治生まれの人間にしましても、大変な手紙好きのようでございます。電話は何十年かけなれても、どこかにびっくりさせられるようなものがあってきらいなのでございます。
文章を書かない時代には妹とは十五、六枚くらいの手紙をやりとり致しました。最近ではお父さまに、こんなに差し上げてはお邪魔ではないかとためらいながら、たまに二枚か三枚の手紙を書き、また朝子さん、葉子さんなぞ、長い手紙を書ける方々がふえて楽しくてなりません。
このごろは世界中の動きが早くなった感じで、一人一人の一日もほとんど半日くらいの感じになりました。すべてを簡単にして、個人の生活を大切にし、むだな時間を省くことはいいことだと思うのですが、私たちのように文章を書く人間はたとえ卵でも、情緒でなく、理のようなものを現わす文章を書くときでも、その書き現わす何かに一つ一つ太陽や、砂や、そういうものがまといつくのだと思いますし、そうでなくてはいけないからではなくて、自然にそういうものが考えの中に入ってきてしまうのだと思います。そうして用事のときでも、三度に一度は手紙を書き、手紙を書けば何かがそこに入ってしまうのです。

文章を書くほうでないかたも、私の存じ上げている限りではみななので、結局人間は情緒とは離せなくて、どんな時代になっても私たちは変わらないでしょうし、樹や花や、小さな動物はいつも私たちといっしょに生きるのだろうと思うのでございます。

この手紙は新聞に文章として出ると思いますので、なんとなくぎこちなくなってしまいました。こういうことは私は本当に下手なのです。お目にかかる日を楽しみに。

モイラのことで頭が一杯

眠り病にかかって

私、このごろアナグマみたいになってきちゃってるの。私のところ、地震がなくてもいまにもこわれそうなので、私の部屋の前の廊下に家主がつっかえ棒を立てたの。それが今までになかったものだから、みんなそこにぶつかるのよ。そんなところに入り込んで、どうしても書けないっていう苦しみと闘って、もう何十年もいる感じなの。

このごろ、すぐ疲れて眠ってしまうのよ。大好きなトワイニングの紅茶でも飲めばすっきりするかと思って、夏は氷があるから、濃すぎないように薄すぎないように、ちょうどよく熱くいれて、そこに氷を入れて、好きなコップに入れて飲むでしょう。それでもいつの間にか眠っているのよ。冬は熱い紅茶飲んでみると、昔、室生犀星の「目ん玉が青んでくる」状態にぐうっとなって書いたんだけれど、全然寝ぼけて寝ちゃうのね。そんなふうに紅茶を入れちゃあ眠っているから、紅茶のカンが三日位でなくなっちゃって、買いものに行くたびに買わなきゃならないの。

いわゆる眠り病というのは、一種の日射病みたいなものだけど、私のはすぐ眠るという変な眠り病で、自分で病気と思い始めたきっかけは、私は今、トランジスタラジオだけを娯楽にしているわけでしょう。散歩も買物もしないし映画もよしたし、友達のところに行くのも皆無に近くなったから、娯楽がもうトランジスタだけなの。そうすると聞きたい番組があって、それに回してもうすぐ始まるって時に眠っちゃってるのね。これは病気じゃないかって思ったの。それからアメなんかたいへんおいしいのを口に入れるわね、それがすっかり無くなるまでは絶対起きているはずなのよ。それがどうしたんだか、ろくになめない内にもう眠ってるの。よく赤ん坊が赤いアメ玉なんか舌のところに乗っけて眠ってる、あれはかわいくていいけど、おばあさんがアメ玉口に入れたまま口をあけて眠っているなんて、あまりいい図じゃないでしょう。

八年がかりの「モイラ」

仕事は「モイラ」（『甘い蜜の部屋』三部作の女主人公の名前）だけなんだけど、なかなかできなくて苦しんでるの。できなくても書こうと思っていれば書ける日があるからとていたの。今まで百二十枚以内のものしか書かないのに今度は七百枚になるのを書いていて、それが今暗礁に乗りあげちゃってから二月《ふたつき》近くなっているから、編集者の人にも会わせる顔がないし、自分にも会わせる顔がなくて……。

私はたいへんうぬぼれが強いの。人間はうぬぼれがないと、たとえば女は自分がきれいだと思って鏡を見ないと、顔をきれいにしたり、いい洋服を着る気が起こらないでしょう。それと同じで、富士山の頂上に登るんだと思って行かないと、麓までも行きつかないでしょう。だから世界一になりたいと思っているのよね。ノーベル賞になりたい、ぐらいに思っているの。そういううぬぼれなのに、このごろは「モイラ」があんまり長年書けないってことは、それが本当の世界一の傑作なら十年かかってもいいんだけど、八年もかかって人を待たせるほどの小説ではないって、さすがに自分で思うの。だからひどくいやなの。死にもまさる情けなさ……もうこんな情けないことはないと思って……。

四十一年に第一部、四十二年にうまく第二部が出たのよね。今は第三部の途中なんだけれど。いままでは、家なんかが決って、もう人がそこにいればすぐに続いて書けたんだけど、第一部とか第二部とかが一たん済んで幕を下ろしちゃったら、その中に入れなくなるという異様なことが起こったの。それでこのあいだやっと何とか入れたんだけれど、今一番肝心なラブシーンにかかっているの。「モイラ」の今度やるのは、本人は意識しないけど姦通なのね、大正時代だから。その上今までにラブシーンが二つあって、三つ目だからどれよりもよくなくちゃだめなの。ラブシーンもだけど、全体がドンと坐らなくてはと思って、そう思うとすごくむずかしくてね……。とにかく死ぬよりも以上に苦しい時間の連続なの。今まではうまくいったんだけど。日本ではレディっていうものはこういうことをあんまり口にしないことになっていて、作家は口にしてもいいのかもしれないけれど、何だかごく重い、死ぬかもしれないお産のようなの。

このラブシーンだけ書けばいくらかは楽になるのよ。ここまで自分の力以上に長い小説の道程をどんどん頭と体との力で一生けんめい押して来たのね。

初めは主人公の子供の時で、子供の時の紫の君と源氏みたいな、お父さんと娘っていう味を出してやってきたの。たとえば大人の女というのは、恋人でも、ある日憎らしいと思う時があると思うの。ある時、この女しゃくだ、と思うことがあると思うのよ。でも幼女とか、それからヌクヌクの小犬が、ミルクをやるでしょう。そうするとすぐペチャペチャッと飲んじゃってからまたクウクウなんていうと、可愛くって可愛くって、どうしてもやらなくちゃいられなくなる。絶対憎いという時がないでしょう。そういう女に成長する筈の女の子の感じでもって書いていてよく出来たし、それから若い男と初めて会う時も、どうしてだかうまくいっちゃったのよ。『恋人たちの森』やなんか、映画みたいだから、映画監督のような感じで作っていくでしょう。作りものっていうのは、わりあいに早く書けるのね。今のは作りものだけれど作りものでない感じ。自分の性格を入れているし、今までみたいにいかないの。

今までの私の書くものには、それまでどこに住んでいたかわからないような人が出て来てね、少し映画キチガイなら、あ、ブリアリだな、ドロンだなってなるでしょう。これは今度書いてみてから、ハッと気がついたのだけど、年中あのパターンで書いていれば、それしか書かない人になっちゃうし、ロマンの作者だって言うと聞こえはいいけど、何か映画作者みたいで……。

「モイラ」のことで頭が一杯で、その先の話をしてもしかたがないけれど、昔の言葉でいうと、もうくたばりぞこないの年なのよ……。それでも私ね、書き下ろしを書いてみたいと思っているの。『記憶の絵』というエッセイ集ね、あれ自分ではとっても好きなのよ。あそこにあるのはエキスだけだから、あれを本当の小説のように長くしたいの。でも、こんなことまだ大作家どころか作家にもなっていないのに言っちゃおかしいけど、何とか魂みたいなものがあってね、「モイラ」の世界をもう一つ追求したいの。今までもパロディみたいなのを四つも書いたでしょう？　私はいつも書き足りないと思う癖があってね、もっとああいう女の子の世界を、「モイラ」の世界を追求したいのよ。

純文学(?)って好きじゃない

私、あまり最近の小説は読まないけれど、田辺聖子さん、好きなの。それから直木賞の井上ひさしさん。私ね、純文学の中の多くは、純文学ですぞっていう雰囲気があって、私自身も、自分では持っていないつもりでやっぱり持っちゃってるかもしれないと思うけど、そういう人あんまり好きじゃないの。それで井上ひさしさんね、あの人は戯作者みたいな人かと思ったのよ。だってふざけていて、源氏物語の変種を書いているでしょう。とにかく愉快で、変な人で、でもうまい人だなあって思っていたの。それから富岡多恵子さんの小説や詩の死生観がすき。それに『女系家族』の山崎豊子さん、あの人、面白くもあるし筆力が好きなの。構成力って言うか、変なボンボンとか商人の家族を重々しく書くじゃない。わりにいいと思うわ。

私の昔愛読したものって言えば、若い時は読まなかったんだけれど、中年になってから荷風、それと宇野浩二だったの。どっちかと言うと宇野浩二の方が好きだった。『山恋ひ』とか……。あの人の売れない時代を書いたもので、翻訳か何か書いて持っていくと、いやな男がいて年中いじわるするのね。帰り道に橋を渡って行く時にそれを細かくちぎって飛ばすとか、何か昔の文士の血がにじむようなものを、すごくユーモラスに書いてあって、おかしくてふとんの中で犬の仔のようにころがりたくなっちゃうのね。

それから、ヒステリー奥さんと自分のお母さんと三人で暮らしていて、これを言ったらヒステリーがおこるんじゃないかって用心しているんだけど、ぱっと火がついてヒステリーをおこすという話。島尾敏雄さんのものみたいな神経で用心しているのよね。島尾敏雄さんも私はすごく尊敬しているんだけど、息苦しいでしょう。だけど宇野浩二のはすごく面白いユーモアになっているのね。

でも、私がみんなに言うと、若い人は知らないのね。あの人は、鷗外や漱石みたいに字引きも要らないし、私はみんなに読めって言っているの。あんな面白いものないもの。

他には室生犀星とお父さん（鷗外）のものぐらいね。それから、丹羽文雄の『厭がらせの年齢』とか、菊池寛の『身投げ救助業』。そういう傑作はあるのよね。みんな昔読んだもので、自分が小説を書いてる時は読めないんだけれど……。

翻訳料――一枚五円

若い頃は全然子供だったのよ。お父さんのところに寄贈本が来るでしょう。漱石の何か長い小説の初めを読んだわけ。それが雨がふっていて、岡田とかいう人が向うから傘さしてやってくるの。そしてこっちから自分が行くの。すると「岡田と自分の間には雨があった」と書いてあるのよね。これは面白いなと思って、こういうものかなあ、なんて思っていたのよ。でも、そこはやさしいんだけど、あとは全部自分には書けない感じだった。お父さんは文士だと思っていたから、自分も書きたいなんてどこかで思っていたの。だけど、とうていとうていだめでしょう？　それで全くあきらめていたの。

それから、漱石の中に「隔世の感」という言葉があったの。その「隔世の感」というのがわからないので、お父さんに聞いたことがあるの。聞いてわかったんだけれど、他にも解らないことだらけ。だからあわれなものよ、私の女学生時代って。漱石がそこにあったから読んだだけで。

外国のものでは、初めモーパッサンの文章ね、『水の上』とか。あれ読んでみたら、あの人の文章はわかりやすくって、みんな短く切れてるの。教科書だけできれば全部読める。たとえば一番初めが「イル　フェゼ　ノアール　ノアール」って書いてあるの。「夜は黒かった、黒かった」ってね。そういうふうに全然やさしいんで、それを翻訳して「婦人の友」に載せたの。雑誌に出ているページ数で一枚五円、三十五円ぐらいずつ毎月続けたの。それで知らない人がやって来て、お母さんも誰もいないので私が玄関に出たら、三十五円くれたでしょう。あまりうれしくって、顔が笑い出すのを隠せないの。どうしようかと思って困ったわ。

それが二十代の終りころね。それを続けていたら、以前に別れた夫がロダンバックの話をしたことがあるんだけど、その人の本が神田にあったのでいっぱい買ってきたの、とっても面白い、ロマンの大傑作なのよ。私、大好きだったんで、訳しはじめてみたけど、むずかしくなって来てやめちゃったの。

劇評家森茉莉

そのうち、歌舞伎をお母さんと見に行ったら、それがお父さんの『堺事件』という芝居だったので、娘だということだけで、朝日が劇評を頼んできたの。それを書いたら「演劇画報」の社長が、会いたいから来てくれって言うんで行ったら、来月から書いてくれって言われてものすごく驚いたの。それからほとんど毎月書いて、はりきっていたんだけれど、間に入った編集者の人が、持って行くたびに何か悪いところを言うわけ。情けなくなってね、一年か一年半続けて、とうとうよしちゃったのよ。

だから今でも、三島さんの浪曼劇場なんかで、サロメについて書けなんて言われると、ちょこちょこっと書くの、昔のことを思い出したりしてね。

そんなわけで、私の叔父さんも劇評家だったし、私も劇評家になろうかと思ったんだけど、結局翻訳家の夢も消え、劇評家の夢も消えちゃって、私は努力して何かになろうという根気がないものだから、何でもない人になっちゃったわけ。

それから長いことたって「幼い夢の日」という、幼い日の夢のようなきれいさを書いた随筆を発表したら、すてきに自分でもうまくいったと思ったし、於菟兄さんも荷風調だねなんて言ってくれて。今度は与謝野寛さんと晶子さんが出している「冬柏」（椿のこと）という和歌の雑誌に、森さんも書かないかって言われたの。一時お父さんのことやら書いたんだけれど、悲しいことに一緒に書いていた妹（小堀杏奴）の方が朝日に見出されて、太田正雄（木下杢太郎）に激賞されたの。それでとても私なんかかなわなくなっちゃって、妹は随筆家として、今日は「婦人公論」、明日は「婦人世界」ということになって、私が遊びに行くと締切りに追われているの。私は人を羨ましいとは思っても、憎らしいとは思わないんだけど、本当に羨ましかったわ。私なんか締切りなんて全然ないじゃない。

でもあまり翻訳が惜しかったもんで、そのうち『ルウルウ』というのを訳し始めたの。これはある日、神田の本屋に行ったら、何か女の子の表紙の、大衆文芸と一目でわかるような本があって、ただ『マドモアゼル・ルウルウ』って書いてあるの。これは滑稽な名前でしょう。こういう名前はありえないんだから。面白そうだと思って買って帰って読んでみたら、本当にすごく面白いの。主人公の女の子が無邪気でかわいくて、滑稽で奇抜でね。ところが文法がおかしいので、前川堅市さんという、スタンダールの『恋愛論』を訳した人に見てもらいながら訳したわけ。毎週訳して見て貰うと、意訳的なところがあるもんで、その人が面白がって、名訳だ名訳だって言ってくれて、どんどん書いて自費出版したの。でも、誰も買わないからいっぱい残って、今も残本になってどこかにあるんじゃないかしら。その作者はGYP―ジップってだけ苗字だか名だかわからない人で、大衆文芸でそのころお茶の間で大評判になったっていう感じの人なの。昔の佐々木邦みたいな人ね。質はちがうけど。その本を私、なくしちゃって、手許に一冊も残ってないの、残念なのよ。

それから戦後ずっとたって、今度は小説を書き始めたわけ。でも「モイラ」の世界に入りこんじゃってから、これにかかりきりで、ちっとも他の本も出ないし、もう作家じゃなくなっちゃったみたいね。(談)

第三章　私の好きなもの

赤木春恵から贈られた犬のぬいぐるみ
茉莉のお気に入りで、最期まで手元に置いた

椿

　客の帰ったあと、箪笥の上のものを片よせ、貰った椿の枝を挿したガラスの砂糖壺を私はそこにのせておいた。濃い緑色の葉の間に、薄桃色の蕾が見える乙女椿である。其夜は停電で小さな洋燈《ランプ》が灯してあった。床を敷く時に私は洋燈と、火をともした一本の蠟燭とを箪笥の上にのせた。ふと見遣って私は驚いた。私の心を堪えられないように甘く苦しくさせる思い出の情緒がそこに照らし出されていたのであった。二つの灯《ともしび》の薄い光は、木下杢太郎氏の描かれた画を照らし出していた。幼い日、初節句の時に描いて戴いた内裏雛の水彩画である。疎開の間も持ち歩いて戦火から逃《のが》れた画は、紙の地の色も汚《よご》れて黄ばんでいる。額縁の金の色が、ぼんやりと闇の中から現れたような二人の雛を囲んでいる。女雛の襟と冠《かんむり》の紐、袴の朱色、袿《うちき》の草色、男雛の直垂《ひたたれ》の鉄色なぞが灯《ひ》の影に淡《うす》い。虞美人草の甲野さんの額なぞ、明治の時代の小説を読んでいる時、私の頭に映《うつ》ってくるような色である。それは思い出の色だ。蠟を熱く溶かしながら燃える細長い炎、煤に曇った罩蓋《ほや》の中にチラチラと動く洋燈《ランプ》の炎。それは明治の色である。日露戦争の当時父の留守を母と二人、明舟町の小さな家に住んでいた頃、洋燈《ランプ》の光のはためく中に幻のように浮んでいた雛段の、淡《うす》い金《きん》色、朱の色などが私の記憶の底に、今でも消えないでいる。私は固くて青い椿の葉が、画の下部を蔽って重なり合い、灯《ひ》に向いた面だけが薄白く光っているのにめをうつした。まだ固い蕾の中にたった一つ、薄桃色に色づいたのがあった。その薄い桃色は、冷たくすべすべしたあの幾重もの花びらを、宇宙の不思議な秘密の中に、丸く固くひめて小さい。私の心には楽しい幼い日が還って来た。時間はない。時間とは何だろう。こういう風に忽ち無くなってしまう。私の手には冷《つめた》い、すべすべした桃色の花びらの手ざわりが還って来た。私はじっとその蕾を眺めた。私は幼い日、春になると庭へ出て、椿の木の下で遊んだ。お昼飯がすむと庭へ出て、陽が陰《かげ》り、風が冷《つめた》くなるまで庭を歩いたり、馬を見たりしていたが、椿の木の下にいることが一番多かった。それは大きな乙女椿で、日毎に落ちる花が、温い春の土を桃色にかくしていた。冷《つめた》い乙女椿、雛の画、そうして洋燈《ランプ》の光、それは私の昔だった。私はしばらくの間じっと立っていた。周囲は記憶の中のように暗かった。

奈良の木彫雛

私が初節句の時、父は奈良で品のいい木彫の内裏雛を買って来てくれた。わりに背の低い、小ぢんまりとした内裏雛である。まだ私は幼なくて、その内裏雛を見たってわからなかったが、その直ぐ後《あと》、日露戦争が起って父は軍医として満州に征《い》って、私は父の母親、つまり母の姑の峰《みね》という女《ひと》が母になかなか辛く当る女《ひと》だったので母は父の留守中、私をつれて芝、明舟《あけふね》町の実家で暮すことになった。

母は実家で人に貸すために建ててあった長屋《ながや》の中の一軒に私と二人で住まった。その頃は洋燈《らんぷ》だったので、小さな長屋の奥の間《ま》の床の間に雛を飾った。そうして高い台に洋燈をのせて、雛のわきに置いたところ、洋燈の煤《すす》で、内裏雛の顔の半面が煤けて黒くなってしまった。私が三つの春、父が凱旋した。（軍人ではなく、軍医だったので、凱旋というのかどうか、よくわからないが）新橋のステェションに母と私と叔父

（母の長兄）と、栄子（母の妹）とが迎えに出た。母は娘の頃、父親（荒木博臣《はくしん》）が大審院判事（裁判長）で大変にやかましかった。荒木博臣は娘に小説のようなものを読んではならないと厳命していた。それで小説好きの娘だった母は、裁縫のくけ台の下に小説本をそっと隠しておいて、ひそかに読んでいた。尾崎紅葉のものが主《おも》だった。母はそのころの紅葉一派の小説にのめりこんでいたが、それらの小説に常に飽き足らないところがあった。それは「金色夜叉」なぞを読んでも、お宮は大変よくかけていると思ったが、どうも出てくる男の感じが不満だった。それが或日、「舞姫」というのを買って来て読んだところ、主人公の太田豊太郎が、それまでの不満を一掃してくれた。母は始めて立派ないい感じの男を見つけた。そうして心の中で太田豊太郎に恋した。その内縁談があって見合いをした。するとその見合いの相手が森林太郎で、母はその男に太田豊太郎の面影をはっきりと見たのである。

それもその筈で、太田豊太郎は、森林太郎だったのである。見合いの日、母が化粧をしていると、近所の米《よね》ちゃんという娘が母のところに飛んで来て言った。（お茂《しげ》ちゃん、大変、鼻が真赤《まつか》な人よ）。母は明治の娘だったが、ひどくよく何かがわかる娘だった。母は鼻の赤いことなぞ意に介さなかった。これこそ太田豊太郎だ、と思い、深い満足を覚えたのである。父は戦争からかえって、内裏雛の顔の煤けたのを一生懸命に修繕した。よく切れる小刀《こがたな》で雛の顔全体を薄く削り、胡粉《ごふん》（日本絵の具の白である）を水で溶いて薄く塗った。そのために煤は取れたが、雛の顔はこまかく削った跡がついていた。それでもどうやらおかしくないようになった。私は大きくなってから、その、顔に薄《うっ》すらと段々のある、胡粉を塗った雛を、買ったばかりの綺麗な雛より愛していた。胡粉を薄く、きれいに塗った上に父が、しんかき（ごく細い毛筆）で男雛と女雛の目を描き、紅で小さな口を描いたが、それがひどく上手《うま》く描かれたので、なんともいえない優雅な顔になったのである。私はその二体の内裏雛が自分にとって、遠い遠い過去の中に、二つの小さな、けれども明るくまたたいている、幸福の光のように思われるのである。

雛の眼

日露戦争で父が出征した留守の間、若い母と私とは母の実家の裏にあった、祖父の借家《しゃくや》に、二人だけで住んでいた。二人の生活《くらし》はひそやかで、寂しく、毎日が同じような日々で、あった。黒い髪に荒い櫛目をみせ、草色の麻の葉鹿子《かのこ》の手絡《てがら》と釵《かんざし》の銀足《ぎんあし》が光っている丸髷、江戸紫の縮緬の半襟をかけ、薄納戸に立縞《たてじま》の絲織の普段着の母と、赤地に牡丹の花模様の着物の私とが、静かに暮している部屋は、箪笥と衣桁《いこう》、文机《ふみづくえ》が置いてあるだけの部屋で、あった。昼は東に向いた障子に薄陽が差し、風が鳴っていることもある。それでも三月《さんがつ》がめぐって来て、寒さがゆるんで来ると、哀しみの中にいる母も、その頃流行《はや》った毛絲の肩掛《ショール》をかけて、稀《たま》には私の手をひいて外に出ることもある。六畳の間の小さな床の間には、一杯に雛段が飾られた。夜になると、雛段の傍《わき》の台に載せて置かれた丸い火屋《ほや》の洋燈《ランプ》が点り、暗い部屋の一隅に華やかな色が、浮び上った。揺めく炎の明りに照らし出される紅色《べにいろ》の桃の花と、雛の顔とは、床柱の蔭の小闇《こやみ》の中に、鮮やかであったが、母子の生活《くらし》の寂しい色がその上に、一刷毛塗られているようにも、みえた。金色や紅に彩色された蛤の中の、七色の縮緬のお手玉、小さな日傘と桜の枝を手から外すことの出来る、舞子姿の京人形、リボンの飾りのある上靴を咥えた陶器《せともの》の犬、蕎麦《そば》道具、それらを母の許しをえて一つずつ下ろして来て、手に取って遊ぶ幼い私は、母の眼には哀れな運命の幼子のように、見えた。内裏《だいり》雛は、父が私の生れた年に奈良で買って来た、木彫の優雅なものである。胡粉で彩られた顔と、金泥、朱、緑、の彩色の着物、冠、袴、帯が美しく、細《こまか》く描かれた、笑っているような眼と、胡粉の丸い小さな鼻、そうして口元は、微かな点のような紅であった。その雛の顔が洋燈《ランプ》の煤《すす》油でくすみ、黝ずんで来たのを、戦地から帰った父が見て、或日自分でそれを、修理してくれた。父は、独逸《ドイツ》から持って来た鋭い刃の小刀《ナイフ》で、雛の顔を薄く、きれいに、削った。そうして胡粉を溶いて塗り、その上から平常使うしんかきで細い眼を描いた。私への愛情を、しんかきを持つ手に籠めて描いたのであろう。父の描いた雛の眼は優しく、雅《みやび》で、ほんとうによく出来ている。その雛の眼は不倖な日々の中で、又明るさの戻って来た日々に、年々にその雛を飾るたびに、私に若い日の父を想い出させる。それだけではない。若い母の寂しげな姿、すべすべした絲織の着物の懐の、清心丹の匂い、私の髪の間を潜る細い指先、また湯殿の洋燈の火影に、母の影が入道のように大きく揺れる、どこか恐ろしげな記憶。それらのいろいろ、私の幼い日のすべてが、その雛のいくらか削った角《かど》をみせている薄白い顔の木肌と、薄い墨色に色褪せた細い眼との後《うしろ》に、あった。

その内裏雛は現在の中では、私の独りで住む薄暗いアパルトマンの六畳の部屋の、用箪笥の引出しに、蔵われている。桜紙を折りたたんだもので顔を蔽われ、同じ桜紙と真綿とでその上から包まれて、今年の三月の節句の日を待っている。私は部屋が珍しく整頓され、箪笥や棚の上まで布巾をかけられた日なぞに客でもあると、その古びても尚美しい雅《みやび》な内裏雛を飾ることもある。どんなものを飾るよりも古雅で、深い美しさがあり、私の心の深奥の想い出に繋がるあるものが、人には解らなくても、私の心を温め、湿すからである。私の心の記憶の道を、細い、遠い、洞窟とするなら、父の描いた優しい眼を持つ二体の雛はその洞窟の奥深くに並んで点る二つの灯に似ていた。処《ところ》、処《どころ》、幸福の青葉の飾りがきらめき、灰色の無味の場所もある、曲りくねった私の心の洞窟の奥の、それは二つの紅い、楽しい灯《ひ》であった。

猫の絵草紙

私の子供の頃はどこにでも草紙専門の店があって、そこへ行くとデパートの呉服売場のように、紅葉、桜こきまぜの柄、匹田鹿子の雪輪模様、銀で横降りの雨に燕の柄なぞ、色とりどりの絵草紙が掛かっていた。その他にも一杯重なって詰まっており、畳の上にもうず高く積まれていた。女の子たちは、宝の山に入ったような気分になり、いくらでも買いたくなった。その絵草紙の中に、今でも忘れられない面白いのが混っていた。猫が銭湯に入っている絵柄である。一面に明るい薄黄の板の間で、これも木の香のしそうな木目のある湯槽には、濃い水色に染めた湯が満ちている。いまの銭湯のように中央にはカランがなく、広い板の間には無数の猫がそれぞれ小桶を傍におき、或ものは立て膝をして、絞りの手拭いで頸すじを洗っている。体をよじるようにして、手拭いで背中を洗っているのもある。面白いのはそれらの猫の形、様子が人間の女そのままなのである。手拭いをぶら下げて湯槽に近づく猫、湯槽で頸を洗う猫、三毛や黒ぶち猫、赤の虎猫がそれぞれの姿で入浴している図はなんとも面白かった。大体猫という動物は形から、仕種から人間の女にそっくりなところがある。猫の入浴図を考え出した人間はたしかに智恵者である。

ところが私はその猫という動物の持っている特性、人間の女によく似ているところが虫が好かない。私が元、木造のぼろアパートにいた頃、井戸端の空地に、誰かが髪を梳いた時に落した毛玉かと思った程小さな黒猫を見つけて、飼うことにした。その猫は全身艶のいい黒色で、目は薄緑、瞳が深い藍色の美猫だったが、私の嫌いな猫の特性が殆どなかった。膝にじゃれつくこともなく、幼い時きいた化猫を髣髴するあの、ニャーゴという声を出さなかった。嗄《しゃ》がれた声で「エッ」というだけである。その巴里の美人に似た黒猫は私と十年間、暮した。

与謝野晶子（抄）

柔かさの中に意力と理智が……

「与謝野晶子と私」と書くとまるで与謝野晶子と自分を対等にしているようだが、それはちがうので、私は文学者や役者等々の芸術家（なんというういやな言葉。ゲイジュツカというと、額にかかる長髪を手で掻きあげたりしながら、内容の無い空洞な目を、いかにも深い思想を持った男であるかの如くに見開いて、あらぬ方《かた》を睨んでいる、喫茶店の隅っこにいる変な男が頭に浮んでくるが、他に言いようもないのだ。もっとも、十九世紀前期以前の、ことに外国のゲイジュツカはすごい深刻な顔でどこかを睨み、オデコを青白そうな手で支《ささ》えていた。彼等の目は素晴しい内容で充塡されていたからいいようなものの、それでもなおかつ、あれはいやな流行《はやり》だ。シャルル・ボオドレェルは珈琲店《キヤフエ》で声をかけた女が、凄い顔を恐れて逃げ出したのを見送って「俺と遊べば面白いことがあったのに……莫迦《ばか》な女だ」と言ったそうだが、私がその女だったら、すごい目がこわいからではなくて、ゲイジュツカ的な顔つきがいやで逃げ出しただろう。私の話は横道にそれ出すと、どこまでそれて行くかわからないので、カッコはここで終り）は、その人の名そのものが敬称なのだから私は先生も氏も、つけない。

私が室生犀星の『婦人公論』に書いた文章のおかげで、ボツボツ文学雑誌以外の雑誌にも文章を頼まれはじめた時、犀星は、「このごろはマリ、マリ、と五月蠅《うるさ》いですね。しかしうるさいことはいいことです」と書いた葉書をくれた。そうして、新潮の人に、森マリに「室生犀星という男」という題で書かせて見ろと言った。そうしてその時私が、今書いた理由で、犀星を呼びづけにして、《室生犀星は腰に一本刀《いっぽんがたな》を落し差しにして、文学の世界の広原っぱに一人、風に向かって立っていた》というように書いた。何々先生がアタタカく迎えて下さいましたというように書くと、その文章そのものもケチくさく見えるし、室生犀星が第一ケチくさく見えるのだ。すると犀星は、来る客にそれを見せて読ませて「森マリが僕の名をよびづけで書いたということは、森マリがはじめからそういう場所にいたということは、大したことである」と言った。

犀星の文章は吉田健一の文章とともに、なかなかわからなくて頭がくたびれるが、ことに犀星のわかりにくい文章は彼の小説のいうべからざる魅力だった（犀星もふだんの会話はわかりにくさはないのだが、今書いたようなむずかしい表現になると変になってくるのだ)。その犀星の言葉は多分、私がまだ駆け出しながらに、文学者としての矜持を持って、そういう風に書いた、というようなことで、それは褒めた言葉らしかった。とにかくこの二人のよくわからない文章は、わかるだけの文章よりも、すべてが明瞭《はっきり》しているとはいえないこの世の中のことを表現するのには適しているし、面白い。犀星の曲った悪い蛇のような表現はなんともいえなくよくて、悪い蛇のようでなくては犀星の文章ではないのだ。

さて、与謝野晶子は文学者の中でもとくに、絶対に、さんや氏をつけてはならない、立派で偉《おお》きな歌人だった。全くの話、永井荷風氏だとか、市川団十郎さんなんていうのはしまらない。

与謝野晶子は、今から遠い昔の明治の世界の中で、私の父の家の、十燭の電球が黄色い光を廊下に洩らしていた父の部屋で、夫の与謝野寛や父の声に混って静かな笑い声をたてていた。その笑い声は静かだが華やかで、ゆったりとおおらかだった。残念だが家に遊びに来た彼女を私は覚えていない。そのころお客があれば私はいつも出ていて、ご飯が出る時には私のお膳も出た。彼女が来た時に風邪で寝ていたか、近くの権現様《ごんげんさま》にでも行っていたのだろう。外出していた筈はない。私が他所《よそ》へ行く時には父か母かどっちかと一緒だったから、大切なお客は来る筈がない。

或日彼女が帰った後で母から、彼女の私へのお土産を見せられた。巴里から帰った時で、鞄《カバン》の形になった箱に白い寝巻《ネグリジエ》きを着た人形と、その人形の洋服が三枚、外套が一枚、帽子二つに靴に靴下なぞが入っていた。薔薇色の繻子の、冬の他所《よそ》ゆきと、水色の紗の夏の他所ゆき、白いレースの襟《カラア》のついた栗茶色のびろうどの外套はとくに気に入った。また京都へ行った時のは上漉《す》きの和紙の絵草紙二枚だった。一枚は濃い紅地に銀の雨がななめに走り、そこへ大きな柏の葉が濃い緑で出ているもの、一枚は薄桃色の地に芯のところが薄緑で暈《ぼ》かしになった白い桜が一面に出たもので、ハッとする程の美しさだった。私はその大阪の絵草紙を、母の簞笥の抽出しに入れて貰い、友達を呼んでは見せびらかした。十七になって結婚した時、私は「はい原」で、それに近い大判の絵草紙を買って大きな用簞笥に入れて行った。白に薄紫の矢絣が出ていてそこへこぼれ梅の散ったものと、青磁色へ、雪輪模様の紅入り友禅のものだった。

与謝野晶子は小説は書かなかったが、源氏物語の現代語訳は、与謝野晶子の小説のようなものだった。彼女の源氏物語は彼女の、海原《うなばら》のような、ゆったりとした人柄と匂《にお》やかな文体に支えられていたと同時に、新しい、進取の気性といったようなものがその中に昇華していて、もとの源氏物語がないとすれば、与謝野晶子の小説のようなものだった。晶子式部の作という感じだった。歌でも源氏の訳でも、彼女の文章は鳳《おおとり》の翔ぶような、ゆったりしたよさを持っていた。彼女の訳文は原作をなんのこだわりなく、全くの現代語にしてしまっていた。

覚えているところを一つ書くと、誰かお姫様が御簾《みす》の中にいるのを、外から源氏が見るところで、《姫《ひい》さんが中にいるらしくて、風でその御簾が上がったりしていた》と訳されていた（この文章の前の方はうろ覚えで、晶子のとはちがっている）。いかにも自由に、こだわりなく原文を現代語にしているのがわかる。原文は最初の書出しのところしか知らないが、そのへんの感じが私にもよく判った。ふっくりとした、少しも逼《せま》らないやり方なので、紫式部の文章とは又別に、現代人の晶子式部が書いたように見えた。何よりかにより与謝野晶子という人が王朝時代の歌人のような、ゆったりした、華やかな人柄だったことが、彼女の訳を匂やかなものにしていたのだと信じている。

又もう一つ、与謝野晶子の源氏物語を光らせたのは、彼女の持っていた、気概だった。何《なに》ものをも恐れない見識だった。そういう晶子の気概、見識が、私のこの文章の題ではないが、彼女が源氏物語を訳す際《きわ》に働いていて、紫式部を自分と対等に見て訳している感じがある。又事実彼女が平安朝の女の歌人だったら、紫式部も彼女に一目《いちもく》おいたにちがいない。

大体、与謝野晶子は、フランス女のような柔かさの中に、強い意力と理智をひそめている、というような人だった。又、明治の人間なのに、今の若者にピンとくるような新鮮さを持った人だった。

古典的人形《クラシック・ドオル》

ここに掲載したクラシック・ドオルのような人形を私は、小金井の伯父から貰《もら》った。毎年雛祭の時に飾ったが、或日小火《ぼや》を出した時、於菟兄が台湾に赴任した留守宅（私たちの家と広い廊下で続いている隣りの家）を借していた三人の学生が、何かの実験をやってその部屋と、隣接した広い廊下の一部とが焼けた。その広い廊下に積んであった行李《こうり》の一つを、近所の男が持ち出してくれるふりをして、持ち去った。その行李には内裏雛と一緒にその西洋人形が入っていたので、一緒に失《な》くなってしまった。人形は大きなのと小さなのとあって、大きい方のは栗茶色の畝《うね》織りの天鵞絨《ビロード》で襟《カラー》と袖口に太い糸で確《しつか》り編んだ、素晴しいレエスがついていた。小さい方のは洋服が全部白いレエスで、頭にこれもレエスの、頭巾《ずきん》型の帽子を被っていた。二つともレエスの付いた下着から、短い下袴きまでちゃんと付けていて、レエスの靴下を履き、大きい方のは栗茶、小さい方のは白の、革の靴を履き、同じくレエスの靴下を履いていて、洋服から下着、靴下まで、脱がせたり着せたり出来た。現在《いま》その人形があったら、客の通る部屋に、飾ることが出来たのである。持って行った男は開けて見て落胆して、二束三文に売り払ってしまったのだろう。

（二つの西洋人形）

幼い時、小金井の伯父が倫敦《ロンドン》のお土産に持ち帰った二つの西洋人形は大変に上等のもので、深い緋色の天鵞絨《ビロード》の服を着、上等の帽子を被《かぶ》っており、脱がせるとレエスの下着もちゃんと着けて居り、白革の靴も靴下も、脱がせることが出来た。小さい方は美しいレエスの洋服に、同じレエスの、頭巾《ずきん》のような帽子でこれも、脱がせることが出来た。足にはレエスの靴下とやはり白革の靴を履いていた。母が、そう何度も脱がせたり、着せたりしてはいけないというのが、不平だった。

（英国製のクラシック・ドール）

五月十二日、月曜日朝、素晴しいクラシック・ドールを買い集めている羨《うらやま》しい奥さんが登場した。私が何億円のダイアモンドより欲しいもの、それがあの魔もののような目をした、一寸開《あ》けている脣《くち》には白い小さな歯が見えている、あの英国製のクラシック・ドールが幾つも幾つも並《なら》べられていた。踊る人形も、楽器を鳴らす人形もある。私も昔、英国製のクラシック・ドールを二つ持っていた。捻子《ねじ》を廻わすと踊る人形もあった。それが私の留守に隣から出た火事で、私の住んでいた家は小火で済んだが、どさくさまぎれに、その人形は雛《ひな》人形と一緒に行李《こうり》ごと、出入りの男に持ち去られて現在《いま》はない。大体誰かということはわかっていたがその儘《まま》にした。その爺《じい》さんには於菟兄の細君も一度（私の知っているのは一度である）被害を受けている。それで尚一層、クラシック・ドールが欲しくてならないのだ。

千代紙

与謝野晶子から貰《もら》った、二枚の豪華な千代紙は、今でもはっきり目に残っている。一枚は濃い緋色地に緑の大きな柏《かしわ》の葉が描かれ、細く銀で出た雨が斜めに降っていた。一枚は白地に細《こま》かな紅葉を散らしたもの、紙も上質で、素晴しかった。

扇

少女の頃、誰からだったか絹張りで骨が象牙の扇を、私と妹とに戴《いただ》いた。姉だというので母はいつも、私の方にいいのを呉《く》れた。私のは薄緑の山々が描かれ、そこに綺麗な紅葉が散らしてあり、紅葉の処は縫い取りになっていたが妹のは流水と桜で、縫いはなかった。私はひそかに、妹の方がいいと思って不平だった。

切り抜き魔

私は新聞、雑誌の中から気に入った写真を切りぬくのが、生活の中の大きな楽しみになっている。西欧の男の顔。すてきな髪型のパリ美人。泣きたくなるほどかわいい姿や顔の犬、猫。たくましいライオン。美しい蛇や魚。またはまじめな人間、悪魔人間、等々、種々雑多であるが、なんだってそう切り抜くかというと、私は自分の住んでいるこの世界にきれいなもの、魅力あるものがあまりに皆無で、みるのもいやな、醜いものばかり、といってもいい位なので、それらの切り抜きを見ていると一刻ほっとするからだ。動物は実にかわいいが、黒猫のジュリが死んでから猫を飼う気がしないし、ジャングルに旅行するのも不可能である。西欧の美男、美女にはお目にかかる機会がない。毎日の散歩の道筋にいる犬の中には魅力のあるのは一匹しかいない。

またそれとは別の目的でやる切り抜きもある。それは自分の書く小説のイメージにするためのもので、こっちの方は林の向うに見える朦朧《もうろう》とした家とか、いかにも悲劇の起る家の食卓といった感じの出ている食卓、堅気な、寂しさのあるちょっと依怙地《いこじ》な男の顔、恐ろしい顔、狡猾な顔、哀れな病児、凄みのある場面がその中で現出しそうな温室、等々である。

そんなわけだから私の切り抜きの数は大変なものである。海でも、波打ち際でも、ほんものをながめるよりも、版の悪い新聞雑誌の方が、ぼやけているために、暗い情緒が出ていたりして、たとえば恋を失った青年の眼に映る海に適した海辺の写真を感じとることができて、素晴らしいイメージを得ることができるというわけである。

当面の目的に合ったものだけではなく、今は必要がなくても、いつかは何かに使えそうな場面も人の顔も切りぬくのだから、大変な忙しさである。小説を書くのは苦しいが、空想を浮べていろいろな絵を切り抜いている間は楽しいので（実際に書く小説よりも、ずっと情緒の溢れた小説が書けそうな気がするからだ）、はさみを持っている時の私はきげんがいい。

鋏

独逸《ドイツ》にはゾリンゲンという、刃物を造るので名高い町がある。その町で買ったのだか、どうだか知らないが父はすごく、よく切れる、大きな西洋鋏《ばさみ》を持っていた。私の言うことならなんでもきいてくれる父が、その鋏だけは貸してくれてもすぐに取り返えした。銀色に光るその鋏で切ると、西洋紙なぞはことに、豆腐を切るような感じに、切れて、気持がよかった。私はその鋏のことだけではいつも父を憎み、その鋏をどこかへ隠してやりたいと、思った。

（父の原稿紙）

父の原稿紙は白い、滑らかな洋紙で、明るい方にかざすと、円い枠の中に西洋の女の横顔が、透いて見えた。私はそれを一枚貰《もら》って学校に持って行った。男の生徒達は手に手にそれを陽の方にかざしては、喜び、騒いだ。私はそれがひどく、得意であった。

まり子の鳩

宮城まり子から硝子《ガラス》の鳩《はと》が、贈られて来た。Hand madeと書かれた小さな紙が、張ってあった。目の箇所《ところ》も凹《くぼ》ませてはない、羽の形も、彫られてはいない。ただ尾のところが上下に、尾らしい刻みが入《はい》っているだけ。ただ腹のところに、不透明な硝子の塊が挿入されていて、それがその鳩の、実在感を出しているだけである。それなのに鳩は確実《たしか》に、一羽の鳩である。ちゃんと一羽の鳩に、なっている。それは、なんともいえぬ可哀い、一羽の鳩であった。私は始め飾っておいたが、もっと身近かに置きたい。私はその硝子の鳩を、文鎮にすることにした。今その鳩は私の、新しい原稿紙の数帖と、その上に載せてある書き上げた七枚半の原稿の上に、私の大切な原稿を守っているかのように、止《と》まっている。

私の大好きな陶器

私は何にでもあまり智識がなくて、陶器は普通一般に使われている、いわゆる瀬戸物で、磁器というと一寸高級な、値段も高いもの、位の智識しかない。

昔、私の幼い頃から若い頃にかけて、一般の町家《まちや》で使っていた、益子《ましこ》焼きという、土瓶と茶碗の揃いがあった。薄いクリーム色へ、これも薄い緑と茶で細く草の葉が描かれていた。私の家は大して広くもないが、近所の人々はお邸と言っていた。わりに広い二階家《や》だったが、私の家では使っていなかった。夏、房州の日在《ひあり》（私達子供はヒヤリと言っていた）の別荘（六畳二間《ふたま》に二畳の玄関と、小さな湯殿があるきりの家だったが、夏はそこへ行くので別荘と言っていた）へ行き、汽車を下りて暑い田圃道を歩いてようよう別荘に辿りつくと、近所に住んでいて家《うち》の別荘の戸障子を開けては風を通し、掃除をしていて呉れる爺や（吉田八十八《やそはち》）がまずお茶を、と言って運んでくるのが、その益子焼の土瓶と茶碗だった。それが、昭和何年だかに無形文化財というものに指定されて、一寸値段も高くなり、その懐しい土瓶と茶碗とは町家から姿を消した。私はその土瓶と茶碗が今でもなつかしくて、その土瓶から湯ざましや番茶を注いで飲みたいと思う。

父の友達に、田中正平という音楽のことを研究する人があった。その人が独逸に行き、カイゼル二世にお目にかかりに行った。皇帝に面接する人は、勲章を持っている人はそれを着けて行くことになっている。田中のおじさんは勲章はないので着けていかなかった。するとカイゼル二世から日本の政府に自筆の手紙が来て、日本ではこんな秀《すぐ》れた人物に勲章を遣《や》らないのかと、言って来、日本の政府は慌てて田中正平に、勲章を贈った。

昔六兵衛の茶碗という高級な茶碗があった。私の母と仲よくしていた田中正平の夫人は面白い女《ひと》で、母と瀬戸物屋に入ったら、六兵衛の茶碗があったが、七兵衛というのもあった。それを見てたけさんは、六兵衛でも七兵衛でもいいじゃありませんか、全然同じですわ、と言って母を笑わせた。田中のおじさんはもったいぶらない人で、ひょこひょこ頭を下げる。大震災の時家が高輪で、私の婚家に近いので、人力車に乗って私の婚家の台所口へ来て、私の安否を尋ねてくれた。女中達はえらい人ではないと思い、私の部屋に来て、田中というおじさんが奥様は無事ですかと言いました、と言った。すぐ走って台所に行ったが、もう影も無かった。ほんとうに困った思い出である。

(花森親分の贈り物)

又、花森親分は頭がいいので盆暮れに配る物も、誰も気がつかないような便利なものを呉《く》れた。主婦達は砂糖や食塩がカチンカチンの魂《かたまり》になっているのに皆、困っている。或夏は、よく撓《たわ》む薄い柄《え》の付いた、薄べったい匙《さじ》のような形のものが贈られて来た。それで軽く叩《たた》くとどんな固くなった魂《かたまり》も直ぐ粉々になった。どこにもそんなものは売っていない。どういう処《ところ》で、どう注文して造らせたのか。私はすごく喜んだが、失《な》くしてしまった。

匙

私は欧露巴《ヨーロッパ》から、欧洲航路の寄港する島々の町を多く廻ったが、どこにもその町を記念する匙《さじ》を売っていて、それをずいぶん集めたが、匙の内側にLyon《リオン》とかParis《パリ》とか、彫ってある。中に一つ変っていたのは埃及《エジプト》のカイロだったか、（はっきりしないのは夫の家を出た時、母が潔癖で、向うで買ったものは全部置いてくるように、と言ったので惜しいが置いて来たからである）持つ処《ところ》が寝棺のような筐《はこ》になっていて、開けるとクレオパトラのような小さな人形《ひとがた》が入っていた。若《も》し持って来ていたら今頃は、今日はブリュージュの匙、今日はカレェの匙と、楽しめただろう。

小さな原稿紙とボールペン

私は最初に小説を書いた時、（書けない）という恐怖で、ペンは可怕《こわ》かった。三冊目の随筆集が出てから少間《しばらく》して二冊目の本の中に、結婚した日からその人の家を出てきた日までを書いたのがあって、小説のようにしようとして、白《せりふ》を別行にしたりしていたのを見た出版社の人が、もしかしたら小説が書けるかもしれないと思ったらしく、来月の雑誌に書けと言って来た。室生犀星に、書けないから断ろうと思うと手紙を出したら（新潮は機会だからお書きなさい。いばってお書きなさい。後になって後悔する愚をしないように）という葉書が来た。とげとげのある小さな虫のような、濃い藍色のインキのその字の一つ、一つは、私にとって絶対に服従すべき字の群だった。私は（書けない）という恐怖を抑えつけながら鉛筆を固く握って書いた。その時から長い間鉛筆だった。やがてペンにしたが、私は恐るべく不器用で、普通のペンはどっちへ向けて書いてもいい、という楽さがない。それで年中つまずいてインキが飛んだり、変に字が二本になったりするのでボールペンにした。その頃ヘミングウェイがボールペンだとどこかで読んだ。きらいな作家だからあまりうれしく思わなかった。最初の時の、（きっと書けない）と思った恐怖は困ったことに今も続いている。永遠に続くらしい。私は《恐怖しながら書く人》である。不思議にうまくいって、一つの小説が書けると私は不思議にみちた気持でその小説を読んでみる。まるでこわ〴〵である。何故なら、なんとなく書けてしまったので、後になっていくら読んでみても、それが自分に書けた、ということが信じられないのだ。「恋人たちの森」を始めとする一連の小説（じつに軽っぽい映画的小説なのだ）でも、今でも不思議である。今書いている、始めての小説らしい小説の恐怖は周期的に襲って来る。その度に挫折したような、船なら暗礁に乗り上げたような絶望に浸たされる。どうにか、何枚か書けると、又、不思議になってくる。実は一昨日《おととい》も、寝台《ベッド》にねころんでいて、自分が女主人公になった気分になっていたら、わりに面白い気分が出て来て、又少し進めることになった。今言った軽い映画的小説の時にはあまり恐怖がなかったが《不思議》の中で書けたのは今と同じだ。私は私の書いた小説を読んでみるとあまりに、書けた筈がない、と思うので、不安になり、不安な道の中に（小説を書くことになってしまったということが）入って来てしまったと感じて胸の中に恐怖がおろ〱動くのである。一番最初に書いた時、原稿紙に書くのは恐怖なので日記帳の裏側の頁に書いた。それも行をあけて書くのが可怕いので行と行とをくっつけて、どこかの隅にちぢこまって隠れる人のようにして書いた。あとから字を入れるとこんぐらかった細い叢のようになった。室生犀星が、「雑草の中から生れた小説だね」と言った。

私には恐怖もなく、万年筆をいつも同じ方向に向けて、インキが跳ねもせず、インキの固まりにもならないで、何万字も書くことが出来る人が、それも大判の原稿紙に書く人が不思議である。今もって小判の原稿紙に書いている。字は大きくなったが。私は永遠に、小さな原稿紙にボールペンで書くだろう。

本郷通り

某月某日——私は今日本郷通りを、歩いていた。この道にあるやさしさ。それは三十年前に私が長原孝太郎氏に行き会った、その夕方の幻。ここにある暗さ。それは父の死んだ後《あと》、母の死までの孤立した私達一家の日々の追憶。……

石畳の鋪道と、紅い煉瓦の塀と、銀杏の並木。この道を歩く時、過去の日々の暗さが、そうして一つのやさしさが、そこにあった。

白線の帽子、埃に汚《よご》れた制服の高校生の群が、私と肩をすれずれに追い越して行った。薄暮の空が藍色に深み、濃い灰色の雲が流れていた。

今日私は赤門の筋向いにある、亜米利加の中古品を売る店で、硝子の牛乳入れを買った。色の無い硝子だが、硝子それ自身の仄かな緑の色が綺麗で、あった。白や薔薇色、薄紫などその、果敢い色の花々を挿す為で、あった。

部屋の中

私の仕事部屋はダヴル・ベッドの上に必要なものが全部載っている。私の腰かけている場所には温かな感じの栗茶色の毛布、又は橄欖《オリイブ》色の縁どりの象牙色のタオルケットが敷かれ、足元の畳にも、白い馬の模様のある栗茶色のタオルが、濃い橄欖色の敷物の上に敷いてある。部屋の片側に片よせてあるベッドの反対側には本類が積んであるので歩く所は狭い。本の堆積の上が私の部屋の飾り棚で、自分で特種の造り方で造ったドライ・フラワア（濃い紅、薄紅の薔薇、鈴蘭、霞草、白いジャスミンなぞ）が無色の硝子壜に挿したもの、濃い紅の珈琲ポットに挿した西洋歯朶、イングランド製の木菟《みみずく》とペンギンの合の子のようなぬいぐるみ、大きな瘤《こぶ》々のある濃い緑の壺付洋杯《コップ》、小さな檸檬《レモン》形の石鹼の入った小壜、黄色の太い蠟燭、マルセイユ産のヴェルモット、Cutty Sark ウヰスキイ、ヴァージニア産のコックテエル、ピーナッツ、矢川澄子の呉れた紫菫の枯れたのが一輪挿さっているコッカコオラの空壜、等が置かれている。

繋がり

私のような、変った人間は、というか、何か芸術（ゲイジュツという言葉はほんとうに厭だが）らしい仕事をしている人間は、誰でも多少はそうだろうと思うが、私は自分の部屋とか、そこらに置いてあるものに強い好き嫌いがある。強いというより厳しい、という感じだ。先ず部屋だが、私のように玄関を入れて三間の部屋借りの人間の場合は、自分と、いろいろな置いてあるもの、使っているものたちの容れものの方は全く論外である。大体一億近くのお金がなくては私の好きな家は建てられないし、何年も〳〵の時間がなくては、私の好きな部屋を探すことは出来ない。好きな部屋の方は探す時間さえあればお金の方は大したことはないだろう。私の今入っている建物は、エリイト人間の最下位に位していて、互いに口も利かないで、見下すことが出来る奴かどうかを探り合っているような人たちが住んでいる、蜂の巣のように整然とした部屋の集まり、といったようなものだ。その人々は私をも含めて、あの蜂たちのような真黒と鮮やかな黄との縞の体をして、透った翅をブルン、ブルン廻している、目ざましく綺麗な動物ではない。容れものはだめだとすると部屋の中のものだが、一番大切で主なものである寝台は、胡桃材でも、樫の木でもないが、ろくでもない店で買ったのにしては暗く濃いチョコレエト色で、樫か栗の木のように固い感じで形も昔風である。三百六十五日その上にねころんで、何かわけのわからないものを書いたり、無数の切り抜き（主に人間の顔。又、家、部屋、動物、風景、家具、食器、等）を眺めては、小説のための空想をしたり、起き上がって素晴しい肉汁《スウプ》やサラダ、シチュウなぞを召上がったりするためには大きな寝台が必要で、その寝台は落ついた色で頑丈でなくてはならない。寝台の上にのっているものは縁《へり》に銀の線のある白で、柔かな紫の濃淡の菫が散らしてある紅茶茶碗、薔薇、黄水仙なんかを挿すための透明な、電気が点くとキラキラする空壜。その花の壜の傍には、暗い樺色の、大きな茶碗位の太さの蠟燭である。葡萄酒用の小洋杯《コップ》は和蘭のマギイ・ブイヨンの壜だが、本式の葡萄酒用の柄つき洋杯と同じ容量が入る、形も高さも一分の隙もない私用の葡萄酒洋杯である。刺身の醬油用の、暗く濃い緑色の小型コンビイフの空鑵、飲用水が入っているのはM&Rヴェルモットの壜、櫛、洋鋏、鑵切りの挿さっているCocktail PEANUTS

の鑵。それらは、死んだジュリエット（黒猫）のように威張って存在を主張している。台所に当る部屋の大卓子《テエブル》の上には宮城まり子が犀星に上げたのを又犀星から貰ったタンブラア型の無色の大きな花壜に白のストック、濃いめの薄紅のカァネエション、黄水仙、薄黄のヒアシンス、暗く濃い紅の薔薇が半ば萎れかゝってい、暗い黄色に薄い栗色の縁《ふち》どりをした太い縞のあるシチュウ入れには、白、薄紅、黄の金米糖が入っている。白葡萄酒の壜、濃い緑色の赤葡萄酒の壜、白い蠟燭が挿さった暗い緑色の細い鑵。箪笥の上には冷蔵庫、犀星が止むを得ず呉れた濃い水色の壜、（私は欲しいものが目に入ると、その欲しいものから目が離れなくなるため、犀星は私の目を見て何度も、「これをあなたに上げましょう」と言って、硝子の壜を呉れざるを得なかったのである）三宅菊子のくれた暗く濃い緑色の、毒杯に似合うような、大きな柄つき洋杯に乾花《ドライフラワア》にした鈴蘭、同じく鋏子に貰った薔薇が挿さっている。椅子に干してあるタオルは各々同じ色で縁取りをした白と、ごく薄い樺色である。

　ここに並べたものは読めばわかる通り、ガラクタである。だがこれらは私の神経を苛立たせない、気分のいいものばかりなのだ。櫛や剃刀を挿したCocktail PEA-NUTSの鑵がへんに洒落たペン立てだったり、ペンなぞの入った銀色のチョコレエトの箱が、デパートにある変に西洋風なペン皿だったら悲惨である。ベエトオヴェンの色つきの置きもののようなものである。ベエトオヴェンも東洋のデパートにあんな遺骸を晒すとは、思わなかったに違いない。麵麭や卵を包んで、卓子の上に置く場合も、白の半透明のパラフィン紙でなくてはならなくて、他の紙でも、皿でもいけない。バタも銀紙のまま、白いデザァト皿に載せてある。売っているバタ入れ、麵麭《パン》入れの類は絶対に駄目である。

私のこういう好みは、どうあっても、変えることは出来ないもので、私は何か呉れるというと、不安になる。嫌いな人間とはつき合っていないので、呉れたものを使わないというのは困るからだ。最近、根岸こみちという漫画家（女の）が、私が蠟燭を空鑵に立てているのを見て、安定のいい蠟燭立てを見つけたから持って行きますと、予告した時も、不安だったが、持って来てくれたのを見ると、前記の通りの、暗い樺色の大きく太い蠟燭で、蠟燭立てではなかった。そうして、ひどく気に入ったので、ほっとしたのである。包み紙の上からの手触りですぐに、降誕祭によく使う色の蠟燭だとわかったが。一般に趣味のいいものとされているものの中には私の嫌いなものが多い。寝台の上にいつも置いている、紫の菫を散らした紅茶茶碗なぞは、いわゆる趣味のある、凝った人の使うものとはちがう。亨（次男）が「趣味はよくないが」と言いながら、包み紙を開けたものである。私は昔から紫の菫が好き、菫の香《にお》いのある石鹸が何より好きで、菫の香いの、柔かで甘いようでいて、底の深い、どこか恐ろしいものを持っている、一種の魅力をみとめている。葡萄酒用の洋杯代りにしている和蘭のマギイ・ブイヨンの空壜を見、上等な葡萄酒用の柄付きの洋杯とかえて上げようと言う人があったら、断るより外はない。これらのガラクタを他のものと変えれば、私はきっと苛々して来るだろう。どうも考えるのに、私のように、何か書く人間の神経質な好き嫌いというのは、内臓の臓器が皮膚の色や状態、気分の状態と、深く繫がっているのと同じように、その人間自身と深く繫がっているような気がする。私の、身の廻りのものへのうるさい好き嫌いはたしかに、深く、私の内部と繫がっている。好み、というような軽いものではない。好きなものを傍《そば》に置くか、それが嫌いなものに変えられるかで変る、私の気分の変化は、全く異様というよりない。内臓の臓器のどれかが傷《いた》むと、皮膚の色や艶が変り、気分も変るように、そばにあるものが好きなものか、嫌いなものかで、私の気分は左右される。どんな人でも、好きなものを傍に置いているし、それを他のものと変えられれば、不愉快だろうが、ほんの一寸の変化にも耐えられない、というほどのことはないだろう。私は自分が、傍に好きなものを置いていることが天国のように楽しいことには、大きな幸福を感じているのだが、一寸でも気に入らないものに変えられると神経が苛々して我慢が出来ないのには困っている。

臓器と繋がっているかのように、深い、深いところで繋がっている私の好き嫌いは、全く、変なものだと、いうよりない。

第四章　人生の素晴しい贈物

森茉莉はしばしば花を買って帰った（時期不詳）

私の直感

私は何の取柄もない人間だけれども直感だけは相当に当る方である。たとえば十八の時巴里に行ったら四月の末で、巴里は春の終りから初夏に移ろうというところだった。私は発つ時、横浜の支那人の洋服屋のへんな洋服を着て行かざるを得なかった。私の父親は伯林《ベルリン》には知っている店があって葉書でも出せば買えたがそれも間に合わなかった。間に合ったところで伯林の洋服では巴里を歩けたものではなかったが。そこで誰がすすめたものか支那人の洋服屋で造ることになったのだ。上海の女学生のような黒のスウツ。キモノスレーブと称する長袖の先がばかに広い、オールドロオズのサテンに黒で縁どりや刺繡のあるチャイナスタイルのブラウス。といった具合。持って来た生地も型の見本もなっていないので、仕方がなかったらしい。それにしてもオールドロオズのチャイナスタイルとは、着物に関しては一流の母親もカンが狂ったらしい。父親の選んだのもまるで、一八〇〇年代の独逸《ドイツ》の芝居に出てくる女学生の、アンナ・マアルといった感じで、古色蒼然。たった一つの傑作は出来合いの絹あみのブラウスで、白に黒の細い二本ずつの横縞で、これだけは巴里の黒のスカートの上に着て、巴里を歩いた。ところで巴里の春の終りから初夏へ移り変る季節に私は濃い、暗い紅の薔薇がよくあるが、あんな色のドゥミ・デコルテに、白い革の長手袋、黒エナメルの一寸した他所《よそ》行き用の靴にテクラの（贋真珠の店だが、上流婦人が真物のと同じのを造らせる、一流中の一流の贋真珠店である）養殖真珠の首飾り、といういでたちだった。それは私のカンで、巴里の春から夏への季節の若い子供っぽい女の服装《なり》の感覚をかぎあてたのである。巴里では初夏でも白い靴なんかははかないのである。夜会に行くとか、オペラのベェニョワアル（さじき）に並ぶために白い洋服に白、銀の洋服には銀の布地で靴を造る場合は別である。事実、マチネ・ポエチック（日曜日の午前に、コメディ・フランセェズで有名な男優女優が代り代りに出て来て正確な、奇麗な発音で詩の朗読をする日。その日は母親がフランスでの発音の勉強のために中学生の子供をつれて行くのである）に出てくる若い、可哀らしい型の女優の中に私と同じようなのをきたのがいたのである。マチネ・ポエチックで素敵だったのはこい、杏のようなオレンジ色のジョオゼットのロオブに黒の透った靴下と黒の靴の若い小柄な女優だった。杏の精のように可哀らしかったのである。これは今の日本でも黒靴下も流行だし、通用すると思うカンというものは一つでも若いほど働くし、又女ほど働くようである。あんまり働かせすぎると無実の罪をきせられて泣く旦那様が出来上るが。又カンというものはキチンとした立派な奥様より、ふだんオバカサンの女の人の方が働くようでもある。お茶の水の特待生だった奥さんがサギに引懸り、私のような間ぬけな人間が一度もサギにかからない。というようなものでもあるようだ。

一九五八年

一九五八年の初頭だからと言って、私には特別の心持はないのです。又これまでの新年にも、特別の感想はありませんでした。唯、新しい暦の紙を剝ぐ時に、新しい手帳の最初の頁に書く時のような、又は新しいハンカチを洗って乾かし、きちんと折り畳んだのを使う時のような、新鮮な、ごく軽微な感動のようなものを覚えるのが毎年のことです。お話が固い方に飛びますが、修身の復活の問題でいろいろの議論のある道徳のことを、私は今これを書いてふと、考えました。私は道徳にそむく時の心持を、真白な洋服、ハンカチ、白い新しい頁に、浸みをつける時のようなものだろうと、思って居ります。どこにも汚れのない、新しい白い洋服や布地の上になにかを滾してしまった時、私たちはその洋服や布地が惜しいという心持、経済的にも関係するそういう心持の他に、ごく軽いけれども、心の痛みのようなもの、微かな苦痛を感じるのです。道徳というものはそんなものだろうと、思うのです。誰でも、白い洋服についたしみ、泥のはね、そんなものより何百倍も痛い心の苦痛（人を苦しめる時などの）を、何度も繰返したいとは思わないでしょう。尤も、苦しめる側の人は自分の方が正しいのだと、この人を苦しめるのは当然なのだと、信じている場合が多いのでしょうと、思いますが。そういう真白なもの、きれいなものを愛する心持は自然に私たちが持っているもので、その上にいろいろな理屈、言葉が加えられて、道徳、修身などが生れ、勅語などにもなったのでしょう。

（私がここに申しました真白な洋服、白いハンケチは私達の頭の中に、固定観念のようになっている所謂道徳のつもりではないのです。フランスのジープ夫人の戯曲の中のルウルウという娘の科白に、「あの人の馬はまるで正義のようにこちこちに硬ばっていて、まるで飼ばの代りに金を喰べさせているのかと思っちゃうわ」というのがありますが、つまりそういうような、柔軟性のない、こちこちでどういう風にも曲らない、と言った感じの道徳ではないつもりで書いているのです。封建時代の武士の中にも、柔かな心持で人を裁いた人もあったと、思いますす）

新しい年が来ると、新しいものは下着さえ買えない人でも、新しい年、新しい日、という新鮮なものを感じますし、年をとるという事や、年をとる事が何故おめでたいのかという事に疑問を持つ人でも、なんとなく新しい、爽やかな気分になるのです。そういう心持が、毎年の私の新年の感想なのです。

けれどもこの頃は、恐ろしい世の中が来て、私の新しい年を迎える心持も、変ってしまいました。私は一九五八年という年には、新鮮な喜びの代りに、年が変ったことによって新しくされた新鮮な恐怖を覚えるのではないかと予感して居ります。私は何一つの専門の学問もないので、何も識りませんし、又殊に政治には全く無智なのです。唯私はこういう風に考えるのです。実行的な面で、なにかの団体に加わること、なにかの運動に加わることは、誰にも資格があるというものではないし、始めからそういう事は性分に合わない人も多いのですが、自分の国の中のことだけでなく、他の国々の、又世界全体の、幸福な出来事（それは人間の賢さが造るもの）にも、関心を持ち哀しい出来事（人間の愚かさが造るもの）にも、関心を持つというような程度ではなくて、それぞれに喜びと怒りとを抱くことが是非必要なことだと思います。一人の喜びと怒りが本当のものなら、深いものなら、それは既に「なにか」、だと、思います。私のような文学を勉強している人間の場合では、なにかの機会に、文章の中にその喜びや怒りを表わすことが出来ればそれだけでも「なにか」だと、思います。深い喜びと怒り、それは文学というものに、深い縛がりを持っていると、思います。文学の表現するものの中で、人間の深い喜びと、深い哀しみとは、大きな位置を占めているものだと思うからです。哀しいことにこの頃では、私たちの国を含めて世界のいろいろの国々に、哀しい出来事が多く、ほんの少しの頼もしい出来事は、哀しい出来事の数に圧倒されて、小さな喜びの灯は、哀しみの黒い闇の中に殆んど隠されて、見えない位です。そうしてその哀しみの深さは、日々に深くなるばかりなのです。私達の国も外形ばかりの発展や、権利の獲得では、ほんとうの幸福とは言えないと、思います。私達文学を仕事としている人々の事だけを考えて見ても、毎日力を入れて、少しでもましな文章を書こうとしていることも、恐ろしい核兵器の一閃の光で、その努力はすべて無価値になり、文献なども全く無くなるのです。それでも、爆弾の落ちる時が来るまでは、書くことも考えることも、又ヴァイオリンを弾くこと、踊ること、いろいろな芸をすることも、生活して行くのを補ける為の目立たない仕事もみんなやめる訳には行きませんが、もう私達の国の中に、脳のない子供や双つ頭のある子供、白痴の子供などが生れて来ているのです。何年か後にはそういう子供は他の国にも生れて来、そんな状態が続いて行くと、白痴の子供を診察する医者も何かの障害を受けた人という事になり、アメリカやソヴィエットのような、世界の支配者をめざす心を、原子力の平和利用とか、軍縮という言葉の蔭にひそめている国々の、物資の補けによって優れている科学も、それらの不幸な人々を救けることが難かしくなるでしょう。

そんな事を考えたり、又哀れな宇宙犬の死を考えたりしていますと、楽しい私の新年も、暗いものになって来るような心持がするのです。

——昭和三十二年十一月二十五日記——

男のうそ、女のうそ

男の人に向かって、男のうそと女のうそとどっちが質《たち》が悪いかときくと、男の人は例外なく、「男のうそなんて可愛いものだ。吐《つ》いたあとから直ぐばれる。そこへいくと女のうそは巧妙、狡猾《こうかつ》で、図太くて、悪質である」と答える。女の人に向かって同じことをきくと女の人は、「女のうそなんて小さなうそで可愛いものだわ。男の吐くうそは根が深くて、やり方も図太いし、たとえば大きな詐欺とか、国事犯とか、そういうのは大抵男でしょう」と答える。これはいつも極まり文句で絶対に例外がない。もっともそういう質問は大抵、聴く人を面白がらせるためのラジオの番組とか、雑誌のアンケートだから、意識してそういう風に言っているのでもあるけれども、男の人の場合も、女の人の場合も、ラジオの質問やアンケートの時でなくても大体そういう風に思い込んでいる感じがある。

　どういうわけか男は女を敵視していて、女は男を敵だと思っている。「男には天才がいるが女には天才はいない」とか、「女には哲学者はいない」と言う時の男の気分のよさそうといったらない。女が、「男のこしらえた社会だから、女の才能が伸びないのだ」と雑誌なんかに書いているのを読むと、無念な形相が目に見えるようなのだ。変な現象である。（そうかといって、女も男と同等に待遇されるべきである、なんて言う男は、私は大抵嫌いである）素晴らしいアイルランド人で、天才なんていう言葉でも、鬼才なんていう言葉でも、表現出来なくて、不思議なもやもやを、その体の周りに纏《まと》いつかせている素晴らしい役者のピーター・オトゥールが、（女性も仕事の機会にせよ、ペイにせよ、男と対等に与えられるべきだ）と言っている舞台を除いて、私は男の人のそういう発言を拒否する。男の人のそういう発言には大抵の時、贋金《にせがね》の匂いがつき纏い、子供の自由な考えをきいて判《わか》ったような顔をして見せるママの感じとも似ている。そういう次第で、男も女も相手を敵だと思っているから、味方のうそは可愛くて、敵のうそは悪質だというわけだ。（むろん、そのくせ女は女を味方だと思っているわけではない。唯唯《ただただ》、敵を攻撃するのである）これは《男のうそ、女のうそ》の問題と離れるけれども、私なんかは先輩の男の作家たちを見ていて、（私は男の人というと、夫だったことのある人と、その友達より交際したことがないから、ほんの一寸《ちょつと》知っている作家を見てみるのである）男は愛すべきだなあと、胸の底から思うし、女を見てみると（女の方はかなり沢山交際している）殆《ほとん》どつまらなくて、愛すべき人も、尊敬を持つ人も少ないと思うし、又それを人にも喋っていて、男を敵だと思っていないので、そういう男と女との敵意識は判らない。私は男を敵だと思っていないと同様女を味方とも思っていない。どっちもあんまりよく判らない一人一人の人間だと思っているだけだ。

男のうそが可愛い、という理由として、いつもきまって言われるのは、（男は浮気をした場合、それを隠すのが拙《つたな》くて、忽ち尻尾を出してしまうし、直ぐ顔色に出す。それにひきかえて女は巧妙で図太く、浮気の隠蔽《いんぺい》を完全にしおわせるのは女だ）というのが極まり文句だ。女の側はその反対を言うわけだ。だが私はこの極まり文句をどっちも信じない。うそがずっこけで罪がないのも、周到で悪質なのも、一人一人の性格で、男だから、女だからということはない。直ぐばれるうそを吐く女もいるし、凄いうそを吐く男もいるし、その反対の場合もあるのは当然の話である。世の中には、信じられないほど単純な人間もいるし、恐るべく複雑な人間もいて、単純な人間は可愛いうそを吐き、複雑な人間は周到なうそを吐くのである。極度に複雑な人間になると、うそだか本当だかわからない。受けとる人間を混迷の中に陥るようなうそを吐く。

一種の恐るべき混沌《こんとん》である。女の中には、うそだか本当だか、自分にもわからない人もいるかも知れない。男のいつも言うように、女はロジカルでないからだ。

とにかく、うそを吐くという現象について、男はこんなうそを吐く、女はこんなうそを吐くと言って定義づけるようなことを言うのは私は絶対に反対である。そんなことは考えようのないほど莫迦莫迦《ばかばか》しいことだ。

女の方から言うと、すぐばれるようなうそを吐くような男は莫迦莫迦しい。そういう男は顔を見るのも莫迦莫迦しいし、向かい合ってお茶を喫《の》むのも、並んで歩くのも、すべて莫迦莫迦しい。そうかといって、恐ろしいうそも、混沌としたうそも、自分に吐かれたとしたら大変だろうが、無関係な場所にいて考えると、莫迦莫迦しいよりは苦しい方がましなように思われる。人間は幸福でうれしいに越したことはないが、苦しい方が莫迦莫迦しいよりはましにきまっている。世の中に莫迦莫迦しい感じを我慢しているより以上の不愉快はない。

又、《男のうそ、女のうそ》と離れるが――大体うそでも、真実でも、男の場合はこうだ。女の場合はこうだ。ときめることは莫迦莫迦しいので、その問題を離れないで、それについてだけ書くのはむずかしい。それに一寸したアンケート向きの問題を、いくらか長い文章にしたのは誰のを読んでもよくわからなくて、つまらないものだ。

小説や、戯曲や詩は面白いが（つまらないのもあるが大体において）議論とか、評論というものはつまらないものだ。一流の評論家が該博な知識を持って、書庫に一杯の、東西の書物を読んでいて、何ヵ月かの暇があって、本気で取り組んで書いたとしても、小説なんかよりはつまらないものだ。私はこの文章を書くことになった運命を悲しんでいる——。

　私が一流のうそだなあ、と思うのは、『オセロー』のイヤゴーのうそだ。あれは一流中の一流のうそである。彼の吐いたうそがもとで一人の女が殺されたのである。もし、オセローがデスデモーナを生かしておいて永い間疑っていたとすれば彼は一人の女を一生苦しめることになる。そういう疑いは或る日歇《や》んでも又再発するからだ。

　世の中にイヤゴーのような一流のうそつきが大勢いるとすれば、女の言う、男のうその方が悪質だ。という女の答えに私も賛成するが、ああいう人物は稀《まれ》に、男の中にも、女の中にもいる人物だろう。ああいううそは、自分の夫とか恋人に向かって吐かれた場合はどうかわからないが、私はむしろ尊敬する。

　昔、舅《しゅうと》だった人の妾《しょう》の、高野芳という女《ひと》なんかは明治の新橋育ちで、商売をしていたころはさぞ凄いうそを巧《うま》く吐いただろうという感じが、その様子の中にあって、私はいいきな様子に尊敬と憧《あこが》れの目をあてた。素っ堅気の家のお嬢さんでいて、彼女のそういうところに憧れたので、お芳ちゃんは私に好意を持って、十八歳のなんにも出来ないお嫁さんを、奥さま奥さまと、口先だけでなく立ててくれた。

私が最近知った人間に、新橋の芸者でもないし、いきな格好でもないが、イヤゴー並みの一流のうそを吐く感じの人がいるが、もし彼がそういううそを吐いたとして、その彼のうそが、ピーター・オトゥールの恋愛の相手の男の心の襞《ひだ》に、船体につく牡《か》蠣《き》のように、又は、光化学スモッグのためにふき出た、八つ手の葉の表面のでこぼこなケロイドのように、付着したとしたら、ピーター・オトゥールといえどもたじたじだろう。（ピーター・オトゥールは、ホモ・セクシュアルの人で女役の方であって、その恐るべき魅力は、私が小説の女主人公のモデルにしているほどなのである）

世の中にうそほど恐ろしいものもないし、又うそほど面白いものもない。自分にさえ関係がなければ、凄いうそほど素晴らしい。劇的である。

ところで私は小説書きだが、小説家の場合は男でも、女でも、うそが巧いほどいい。悪質なうそほど、本当らしく見えるというものである。

最後におかしな話を書いて終りにしよう。男にも、女にも、そういううそを吐く人が、或はほかにもいるかもしれないが、私の吐くうそは全くおかしい。

子供の時からそうで、月曜日に学校へ行って友だちに、日曜日の出来事を話すような時、赤い洋服を着てどこかへ行ったといおうとすると、どうしてだか黄色い洋服を着て行ったと、話している。黄色い洋服の方がいいと思っているのではないのである。どうして赤い洋服を黄色い洋服に変えるのか、自分にもわからない。今でも人に話をする時、そういううそをよく吐いている。こういううそは可愛いうそでもないし、そうかといって悪質のうそでもない。変なうそというよりない。

私は小説の中でいくらかうまいうそを吐き、日常会話の中で変なうそを吐いている。

ピストル　車《カア》　電氣家具

　發言の機会をあたえられて、ひどく樂しくなって來たようである。言いたいことというものは、隨筆や小說を書いている時になんとなく、なしくずしの形で發言しているようなものであるが、こうやって、發言という題で書くと、大變爆彈的である。若い人たちがピストルを射ってよろこぶのと同じで氣分がいい。

　ピストルといえばいつかのライフル魔の少年は馬鹿げていたが、ああいう馬鹿げたことを絕對にするはずのない若者が、ピストルに魅力を感じたとか、一寸友だちに自慢したいとかの理由で持っているのまで、拳銃不法所持で擧げられる。擧げられるのは、法律だから仕方がないが、このごろ捕まるのは大抵藝能關係だし、鵜の目鷹の目の週刊誌に直ぐ華華しく出るから氣の毒である。角力なんか、大變な封建的な世界にいて、言葉も私たちとは違うのを使っているらしいが、現代の若者は若者なのであるから、ピストルに魅力を感じたって不思議はない。今氣づいたがピストルで捕まった人人はもう若者という齢《とし》ではないのかも知れないが、私が彼らを若者と思ったのは、私があんまり齢とったのでそう思ったのが一つ、もう一つの理由は、現在町《いま》にフラついている十代、二十代の人たちは頭の中が私には全く解らなくて、他《ほか》の星の人間のようで、だから若者とも、じいさんとも、中年とも思えない、つまり人間に見えないので、それで三十代位らしい人人を若者と思ったらしい。昔は芋屋の息子でも、頭の中に、古臭い思想にしろ何かの考えが入っていた。いまの人人は、誰かに物凄い力でぶん殴られて頭が空洞になったというような感じである。

魅力といえば私の尊敬する室生犀星はピストルに關係のない男だった。彼は殺したくなったらピストルじゃなくて、出刃を呑んで行って、猪のように出刃もろともその人間にぶつかるだろう。彼の周圍に集まっている若い女人たちは意識しているにせよ、いないにせよ、そういう犀星が好きだったのだ。そういう日本式武器で闘う男の魅力が犀星の中で、現代の日本《にっぽん》に生きていたのである。犀星の魅力は柔しい心の中にもあって五十、六十の女たちさえ私は散歩を四十分したとか、私には何か相談したとかいって、競争する気があった。犀星はお腹の中で（そねめ、そねめ、）とうそぶいていた。

若者は氣分が抑えられないから仕方がないが、四十、五十以上の大人の車《カア》や電氣家具を熱望する度合いは一寸きちがいじみていると思う。そこら中の垣根と物置の間なんかに、みるみる、屋臺おでんの屋根みたいな水色の屋根をつけた車物置が殖えて來て、猫も杓子も教習所に通いつめる。往來で車を拭いたり磨いたりしているおかみさん連のようすをみていると、子供が友だちに見せびらかしながら飴を口から出したり入れたりしているような感じだ。魚屋のおかみさんはテレヴィの前からしぶしぶ起《た》ち上ってくるから、テレヴィのないお客は物貰いみたいである。

着物も洋服も門並み背のびで造っていて、殆どの女の通行人は鼻をひこつかせ、肩で風を切って歩いている。非流行のなりをしているのは、どうしてもこうしても造れない人だけである。どこの國の町の寫眞をみたって日本のように、すべての女が流行のなりをして歩いているなんてところはない。

みんなどういうわけか何かを熱望して頭が熱くなっているから（無論男もである）、車の事故は氾濫するし、日本中泥棒や强盗だらけで、町を歩いていて群衆の顔をみると、どの顔もいつ泥棒か、硫酸魔か、スカアト切りに變貌するかわからない悪相をしている。

虚榮心がそこら中の町でぶつかり合っているから、いい着物を家に持っている人が普段着で外へ出るということがなくなって、従ってホテルや料理屋の男とか、店員の客種を見ぬく眼がなまって來た。一億店員總白痴である。贅澤な人間が判別出來なくて、どんな生地でもスーツを着、とにもかくにもハンドバッグを持ち、踵の高い靴をはいた女でないとレディじゃないと思っている。店員を鼻の穴で見下《みおろ》して威張るのは贋貴婦人で、ほんとうの貴婦人は柔《やさ》しい笑いで店員や目下《めした》の人を見るものだという、判り切ったことすら判らない。

この間ラヂオで、外國では小學生が道路に飛び出すと、母親の見る前で教師がぶん毆ると言っていたし、ひき逃げ運轉手は凄い罰金か死刑だと、言っていた。全く感動的な話である。みていると小さな子供を眞劍に護って歩いている母親は殆どない。（危いわよう）という彼女らのかけ聲のなんと腑ぬけていることか。魂も五臓六腑も抜け出している人間の聲である。或日錢湯で、赤ん坊を濡れ縁に後向きに坐らせておいて遠くの方で（危いわねえ）といっている母親を見てぞっとしたので、無言で子供を母親の傍に持って行って下ろしたが、（ホラ、ホラ、オホホ危いですよホホ）という伴奏がついていなかったので、睨まれただけだ。そうかといって人を轢《ひ》いたというので頭を剃ったり、又それが生えたりして、小説家なのに小説がかけないと言っているのも私にはわからない。その人がいい人なのは判るが、一體「いい人」というものが判らなくなって來ている。いい人も、ダイアモンドも、垢だかごみだかにまみれている。私の母親は繼子《ままこ》の兄について（生みの親のようにいたします）なんてこと言わなかった。どうせそうはなれないからと、ふつうにしていた。親切な人だったがオホホホの伴奏がないので親切な人として通用しなかった。告別式に泣いたのは近所の植木屋（見晴しのお婆さん）だけで世間では鬼が死んだと思っていた。とにかくいやな世の中である。私は朝も晝も夜も、怒っている。その間《かん》にあって愉快なのはラヂオの起きぬけ戲評なる時間である。もっともっと發言したいが頁數が六枚切りなのは殘念である。

ガサついた美の世界——どこか狂っていないか

襲撃された美術館

このごろは、(美の世界を知らなくてはいけない。どこの出版社に、世界美術なになにという全集が出ているからそれをよむべきである、というので高校一年位になると、それを買って観る。その全集の広告は大新聞の一面をでかでかと埋め、若い女優がそれを見ている写真が出ている。上野にミロのヴィナスが来た。それも観なくてはいけない、というので美術館は、異状天候による羽虫の襲来のような小、中学生の群で埋まる。巴里のルウヴルの一室にたった一人、静かな空気の中に立っていて、黄昏《たそがれ》のような、柔かな光線を肩先から全身に浴びていたヴィナスは、巴里の美術館からみれば、どこかの小さな事務所の、それも仮建築の便所のような建物の中に、見世物のように立たされ、二階の欄干《らんかん》から階下まで鈴なりの大人と子供の群で埋まった中で、どの位おどろき、変な具合で落つかない毎日を送ることか知れない）というような、どこの国にもないようなガサついた、現象が起っている。

大さわぎの全集出版

美の世界を知るのには文豪の小説も読まなくてはいけない。そこで世界文学全集、日本文学全集、中国文学全集、何の何外全集、何の何石全集、等々はあらゆる出版社から毎年出るのではないかと思うほど同じものが出版されて、それでも出版社は儲《もう》かるらしくて、それらの全集、選集に使用する、かなり上質の紙、箱に使う紙、厚紙、帯に使う細い紙、広告用の小冊子用の紙に至るまでの大量の紙はどこの県のどこの製造所で生産されるのか、浜のいさごより多い泥棒より、もっと多数に、どこからとなく出来て来て、立派な小説家の書いた、立派な本自身は静かな顔をして沈独して本屋の棚に立っているのに、その出版界の大さわぎと、広告の大さわぎから来る錯覚で、このごろは本屋に入ると、怒濤《どとう》のような騒音が耳に聴え、昔より派手な、棚の本たちの間々から、楽隊（それは気ちがい楽手が集まって奏する、ビートルズよりいやな音の楽隊である）の音がジャカジャカと鳴っていて、パチンコ屋のチンジャラジャラの方がまだましな位である。

美術館に押しかける群集も、本屋に入って来て背中と背中をおし合い、ネギの突き出た籠と負ぶった子供とをこすり合っている人々も、春の、どこか昏《くら》い、青い空を、枝もみえぬほど、薄薔薇《ばら》色の花で散っている桜の花を見ようと集まる群集も、どうしたのか、火から逃れて被服廠に蝟集《いしゅう》する関東大震災の群集のように、必死の勢いで集るから、美を求める人々の群はほこりっぽく、王朝時代の殿上人がいやがった下郎、下っ端役人の群のようである。

巴里のトゥウル・エッフェルより背の高いのが自慢のタワアや、新帝劇、何々ホテル、何々新聞社、マキシム大料理店、等々が地震を忘れた人々によって陸続と空を摩して建つ、不具《かたわ》な帝都美化事業のために、無免許、酔っぱらい、精神病質のあんちゃんの砂利トラがカンナナ、カンロク、あらゆる環状線を突っ走る。子供が死ぬ。

その大さわぎが私にはどうしても気ちがいの馬鹿さわぎとしか思えないし、それらの大さわぎによって、戦前より若ものたちの美的感覚が鋭くなったとも思えないのである。

おかしな講演

私のように、話下手というより人の前では話が出来ない、といってもいい人間にも講演を頼んでくる団体がある。小説を書き出してから二年おき、四年おき位に、都合四度頼まれた。大抵失敗で、成功したかに思われるのは一度位だが、その成功した時でさえ一寸した失敗があった。断ればいいのだが、又そうすれば先方をやきもきさせたり、びっくりさせなくて済むのだが、なんとなくやれそうな気がして出かけてしまうのは困ったことである。一番始めに話が来たのは逗子の図書館だった。一時間ということだったのに二時間近くかかった。終る一寸前に、前の方の席についていた館長他、一名の人がこそ〳〵と退場した。他に約束の用事があったので逃げ出したのである。だがその時は随筆や小説の話で、館長と他一名の他は終りまで聴いていてくれたが、控室に帰ってから時間の恐るべき超過を知って羞しさに冷汗をかき、お茶菓子もそこ〳〵に逃げ帰った。家まで館員の人に送られたので羞しさの連続だったのである。お次は日本橋のどこかの倶楽部で既に現役を引いた実業家たちが一月《ひとつき》に一度いろ〳〵な人を招《よ》んで話を聴く会だったが、三十分位でもう話がなくなってしまった。それで質問して貰うことに頼んだが、なんだってそう何度も〳〵恥をかきにのこ〳〵出かけるのか自分ながら不思議である。その時は講演の前に別室でフル－コオスの西洋料理が出た。老人ばかりの会なので、固くないものばかりだったが、鶏の挽肉かなにかの淡白な料理がひどく美味しかったし、コンソメ肉汁《スウプ》も上等だったが、こんな講演者はご馳走泥棒である。この時は、退役実業家たちが月に一度料理をくってのんびり話を聴く会という雰囲気だったからまあよかったが、それだからといってあっという間に終ってあとは質問してくれという講演というのはきっと始めてで、さぞ心中愕いたことだろう。その時、とくにのんびりした顔で、後に寄かゝって聴いていた一人の老人が後になって起立して、こう言った。「私は大正十二年頃諏訪《すわ》丸で貴女とご一緒に欧露巴から帰りましたが、朝と夕方と二度、貴女がご主人とアヴェックで甲板を散歩なさるのを羨ましく眺めていたものです」と言ったのにはおどろいた。三度目は早稲田大学の大講堂に一杯の人で、私はことにびくついたが、その時は父や母の話だったので、室生犀星の話なぞもして、つつがなく終ったが、話が終った時、頭を下げた私は、何と思ったのか「お粗末でございました」と言った。来ていた室生朝子や知った人が笑い出した。浪花節のようだというのである。他の人々は笑いを抑えていたらしい。お次は草野心平が一年おきに新宿の厚生年金ホールでやる詩のフェスティバルで、その会では、指名された人が次々に壇上に上がって二分間演説をするのだが、私は、柴田錬三郎に、倉橋由美子とコミでひどいことを書かれた後だったので、怒り抑えがたい思いが心の中に鬱積していた。それで、話の後で、「柴田錬三郎氏が喫茶店で森茉莉を見たが、爪の間に垢をためて、養老院の婆さんのようだったと書かれましたが、私は爪に垢をそんなに溜めていたことはなく、養老院からお米を貰いにくるお婆さんのようではないということを皆さんに見ていたゞきたくてここへ出てまいりました」といい、つゞいて「でもあんまり長く晒しておいてお見せするほどの顔ではないのでこれで終ります」と言った。その時は満場の聴衆が始めから私の話にわいて、最後の恨み言の時には、はるか遠い人々の体が右に左に揺れ動いて場内が笑い声で満ち〳〵た。私はうまい噺家になったようなもので、笑い声のしずまるのを待っては話をつゞけるという有様だった。ところがあまり乗ったので壇から降りる前に後をふり向くと、張り出しの紙に6000円と書いてある。その演説は二分間演説で、二分を超過すると一分間度に千円演者が出すことになっていたのである。目の下にいた愛読者の人や萩原葉子が、しきりに手を振って何か相図していたのに、いい気になっている私は心づかなかったのである。俄に心配になって私は財布をのぞいたが、幸い人に借りずに払うことは出来た。大受けだった原因の中には、何千円も超過しているのに気がつかない私を笑っていることも含まれていたのである。次がついこの間の講演である。慶応大学の生徒が聴衆で、場所は北里講堂だった。北里講堂ときけばすぐにピンと来た筈だったのに、私は連絡に来た生徒の話もよくきかず、渡してくれた紙もろく〳〵読まないで捨ててしまったので、小説の話をする積りで行ったのだが看護科とわかったのである。何も看護婦になる人々が聴衆だからといって文学の話で悪いことはないのに私はまごついて、腎臓病の話に急遽変えて、自分の腎臓の話、母の妊娠腎の話、父の萎縮腎の話なぞを喋ったが、話しながら、なんだって腎臓病の話を一生懸命にしているのかわからなかった。時間が余ったので小説の話も少しやって無事一時間喋って壇を下りた。大分詰らなかったらしく一人、眠りこんでしまった人がいたのには全く羞じ入ったのであった。

全くおかしな、私の講演のお話である。

〝少し歩きましょうか〟の時代について

最近妹の娘が結婚したが、妹も実務のようなことはあまり話さないので、そんなことを私は知らなかったが、このごろは式場や宴会場なぞが、申込んでから六カ月待たないと確保出来ないのだそうで、すべての婚約者たちが所謂「永すぎる春」――いやな言葉だ――という期間を持つことになっているのだそうだ。式場や宴会場の方はふえても減る筈はないから、人間の方がよっぽどふえたらしい。

ところで私の今日の文章の課題は、その婚約者たちが『永い春』を持つことで、どんな悩みを持つだろうか？――悩み、いやな言葉だ――私の言い方で言えば、どんな困ったことが起きるだろうか？　になる。又、その場合結婚の前に、精神以外の結びつきをする人も出てくるが、それについての是非、感想、というようなことである。

私は原稿をおうけした時、何か書けるような気がしていたが、書き始めた今になって、全く興味がないのに気づいた。

私たちの住んでいる東京が巴里のようで、文学者とか詩人、デザイナー、なぞの中の一流の人間の間に慢延しているソドミズム（青年同志の恋愛）が、一般の社会のうしろに、硝子の枝を張っていて――それらは皆綺麗な枝だが、その中には、恍惚《うっとり》として見惚《みと》れ、いつまで見ていても飽きないどころか、いよいよその華麗で誘惑的な暗い森の中へひきこまれてしまうような組もあるのだ。――そこへ女の人も絡み合ってい て、透明な闇のような、綺麗な世界を造り上げているのだったら、私の書く未熟な小説の中で起ったように、美しくたくましい男の存在が原因で、可哀らしい娘が相手から婚約を解かれて、自殺同様の事故死をしたり、又は冷淡に酒場の戸口に置き去られて、それきり捨てられる、というようなことが、東京のどこかで起きるだろう。

実社会にそんなことが起るのは困るが、――現実の世界の後《うしろ》に、硝子の枝や蔓の絡み合った美しい世界があるのはいいが、殺人が起るのは困るからだ。――だが私は安心している。フランス人の凄い男と、美しい青年とが寄りそっている写真を見て、魂をどこかの暗い森の中につれて行かれて、ソドミアンの男の出てくる小説を私が書き始めて以来、人々が私に言うのをきくと、東京にもソドミアンは多く、実社会の一つ後《うしろ》の生活はあるようだが、どうもそれが巴里のとはちがうようだ。

巴里では普通の世界の中で、そういう人々の憶面のない眼差しが交されても、つまり硝子の枝、硝子の蔓が美しい絡み合いを見せても、それらの絡みあいは、明らさまな現実の世界の中で行なわれていながら、それは現実のうしろの、月も、陽もない、暗い華麗な森の中の囁きや、触れあい、花の香《にお》い、を感じさせるし、周囲の人々は知らぬ顔で、それに気づいている。ところが東京の暗い森の住人の、自信のない様子を見ていると、彼等が現実の世界に入り交っている時、その秘密の森の世界は、埃っぽい現実の世界以下のものになって見える。「東京」と、「頽廃」との間にはまだ大分距離があるようだ。

つまりそういう退屈な世界の中では、例えば「永い春」をかこつ婚約者が多勢いたとしたところで、又或一組の婚約者の間に何者かが——男或は女が——絡んで、関係が複雑になったとしても、或は又、精神以外の結びつきになったとしても、すべてが退屈で、綺麗でもないし、衝撃的でもない。

婚約者たちの間で、たとえば何かが起ったとしても、その起ることというのがどの組のも、どの組のも、大体において似ているのではないだろうか。又結婚前に精神以外の結びつきをしてしまうと、女の人の方が損をするということがよく方々に書かれているが、そういうことになって、女の方が短期間に飽きられてしまうというのが問題であって、すぐに飽きられてしまう女の人なら、その結びつきの時期を少しさきへ延ばして、結婚の夜の、聖なる結合にしてみたところで、飽きられる時期が幾らか延びるだけである。式が済んで指環を交換し、名字が変ってしまえば、婚約時代のように簡単に解消されることがないという考えだろうが、現代では、結婚式というものがそう頼りになる鉄の鎖かどうかというと、怪しいものである。

「結婚」というものは、「お互いに、或は片方だけが、忽ち飽き果て、その状態が永遠に続くものだ」ということを、始めから確り頭に置いている、常識人でも、ふっと婚約時代に相手の退屈さを知ってしまった男のような心境にならないとは、誰にも保証出来ない。又、「結婚」という鉄——鉄だったとして——の鎖で相手を縛ってさえしまえば、どんなに退屈でも、朝夕退屈の獣がよだれを垂らして、心の中を匍《は》い廻っても、平然として何十年の月日を暮すことが出来る人も、段々減って行くのではないだろうか。

もっとも私が不安に思うような、そういう心境に陥る人は日本では稀で、大抵の結婚者が、退屈の泡を口から吐きながら、「世間体が立派だ」「世間から何か言われなくてすむ」という、墓穴の縁まで来た時には、今まで大切に手に握りしめていたものはこんなものだったのかと、情けなくなるような、詰らないものを、一心不乱に握りしめて、一生を終って後悔しないとすれば、成程、婚約中に精神以外の結びつきをすることは女にとって損なことかもしれない。現代でも婚約や結婚をやり直しても比較的困らないのは男の方だから。なるたけ精神の面だけで交際するように注意した方が賢明だろう。

日本の人間というのは、どの人もどの人も、大体において似ていて、人間と人間が出会うと、同じ挨拶をし、同じ会話をする。そうして同じ笑い方で笑う。その人々が映画館に入ると、映写幕《スクリイン》の上に又、同じ人物が映り、同じ挨拶をし、同じ会話を交し、同じ笑いを笑うのである。

従って人間の生活も又同じであって、例えば私なら私が、東京の町の或町角から始めて、一軒々々家の中に入ってみるとすると、どの家にも同じ部屋があり、同じものが飾られていて、同じような主人公と奥さん、息子・娘、或は老人、子供がいる。それらが天気を見、又新聞を見て、同じ感想をのべる。

食事の時間になると、同じような味の、同じような料理が、同じような皿、小鉢にのって出てくる。——皿や茶碗が同じだということは、アパルトマンに住んでいる人なら先刻で承知のはずである——。

又それらの人間の着ているもの、髪の形も同じである。——このことは町を一丁歩けば一目瞭然であろう——奥さんは、どの奥さんとも略同《ほぼ》じのパアマネントで、アブストラクト式でない柄の浴衣に、四十以上の人は博多の帯なぞを締めている。まだ学生の女の子は一列にお河童。学校を出ると、BGになることを許して貰えない女の子も、BG式の髪と洋服になり、事務もないのにカァデガンの袖をまくり上げて、お母様とお散歩である。

彼女等の多くは、週刊誌なぞに出る恋愛のスキャンダルを起こす女なぞに内心深い興味をもっているが、マリリン・モンロオや、ブリジット・バルドオになる程の気迫も、独特さも勿論ない。彼女らの殆どが恋愛に憧れているが、綺麗な恋愛がどんなものか、よく知っていない。それでいて、五十を越した母親と全く同じの、世間というものに縛られた、窮屈な考えをもっていて、同じ年代の、同じ階級の女の子の縁談や、婚約、破談、年上の女の離婚なぞに火のような興味をもっている。私は、私の離婚について書いた小説のことが、週刊誌に出た日の朝、早く起きて本屋に行ったが、その時、まだ人通りの殆どない北沢の邸町を、一人の品のいい、平常は友だちにも「そんなことわたくし興味ないわ」なぞと言っていそうな令嬢が、私より早くその週刊誌を巻いたのを手にもち、品のいいサンダルの綺麗な脚を、我が家の方へ運ぶのを、目撃した。

男の子の方は、共稼ぎが流行っていると言っても、まだ女に働かせるのはあまりないので、よほどののらくらの他は女の子よりは真面目で、確りもしているが、大体においての思想が、忠君愛国でもなく、そうかといって私たちに理解出来るような、怒れる若者でもなく、明治、大正、昭和の考えのごちゃまぜの頭を持った父親の意見や、理解のあるような演技をしているのが多い教師の放任教育から身についた、フワフワの考えを持って、はかなげに右往左往している。

そういう同じような若者たちの間に成立した婚約だから、きちんとした婚約時代を送ったとすれば、勿論平凡だし、二人の間に間違いがあったとして、その間違いのためにどっちかが興味を失って、婚約が破れたとしても、どっちにしても、その中にどんなケースがあるだろうかと、興味をもって考えてみる気が、私には起らないのである。

例えば或婚約者は会社員である。彼はすべての会社員と、全く同じ好みの背広を着、夏は半袖の襯衣《しんい》の袖をひら〳〵させ、同じようなバンドをし、ワシントン、又は天盛堂、又は日進堂の靴をはき、会社から帰ってくる。風呂に入って食事をする。食卓では踏み切り事故や、何々事件についてどこの家とも同じの感想がのべられ、高校生の弟などがいて、流行語を使った、隣りの学生と、又その隣りの学生と同じの冗談を挟

ある。
するど、箪笥の上のラヂオの筐の中から、全く同じの会話と高笑いが起ってくるので
むと家族一同、ひどく気の利いた、面白いことを聴いたように、アハハハと、笑う。

明日は婚約者とデイトだというので、時計をしっかり巻き、どこの家のとも同じの
柄のタオルで鉢巻をし、「善良」をねまきにしたようなタオル地のパヂャマを着て、
寝に就く。

翌朝は、ラヂオドラマと全く同じの、デイトに行く息子をからかう家族の言葉があ
って、会社員の婚約者は家を出る。婚約者は家の場所によって渋谷のハチ公の前か、
有楽町の駅で待ち合せ、映画館に入る。それが外国映画、ことにフランス映画である
と、恋愛場面の素晴しさに出会って、二人とも圧倒される。雷に打たれたのと同じで
ある。それが問題である。

自分がそれを演ずることが可能かどうかは別として、フランス映画の恋愛場面に愕
くようでは困るのである。

そういう場面を自分が演じた経験がなくても、――むろんないだろうが――又、他
の映画でそういう場面にぶつかったことがなく、それを見たのが生れて始めての経験
だったとしても、同じ人間の仕科《しぐさ》として、どこかで響いてくるものがあって、すでに

経験したことでもあるような気分になるはずである。人間以外の生物や、地球人以外の星の人間の動作でないとすればそれが当然である。

かりに婚約期間が六カ月どころか一年つづいても、長いと感じることが一度もないというような、恐るべく晩熟な女でも——その恐るべき赤ちゃん女というのは私である——同じ人間の仲間の状態を見て驚愕することはないはずで、子供の時にはなかった大人の心持を一つ一つ経験しながら、無理なく順応して行くのと同じのはずである。生れて始めての感覚に出会って、小さな恐れを抱きながら、いつか、どこかで知っていたことのようにその中に入って行くのが、若い女の魅力である。

母親の乳房を吸う赤子のような、小犬のような、可哀らしさである。若し過度に感応して、忽ち相手の青年に或不安を抱かせたとすれば、それは特に魅力のある女である。その早い感応が、不快な、品の悪いものなら、その女の人は鈍い女の人以下である。

ところで、フランス映画の恋愛場面にびっくりした二人は、喫茶店に入る。二人が入って行くと女の子が「いらっしゃいませ」と言うのである。日本の喫茶店は、気の詰まる挨拶はするが、珈琲とケエキをたべて少間《しばらく》いたあとは追い出す仕組みだが、二人の婚約者たちは店の方針に対して従順である。そこで今見た映画の話も出るが、類型的な、他の婚約者のと同じ感想だから早く済んで、喫茶店の迷惑にならずにすむ。楽しい婚約者や恋人たちが、浮き立つような、どうかしたような、薔薇色の時間をすごしたり、老人が残りの少ない人生の一刻《ひととき》を楽しくすごすのには、日本の喫茶店は不向きだが、この二人には誂えたようにはまっている。

二人ともなんとなく詰らなくなっているが、喫茶店を出れば、「少し歩きましょうか」というのがこういう場合の男側の科白《せりふ》である。

二人の間には花の咲く前のような歓びはなくて、唯一寸恋人のようでもあるフィアンセとして映画を見、お茶をのむということの嬉しさと、お得意のようなものしかないし、二人とも人間が型に嵌っているから、向う側を歩いているもう一組の婚約者と、女の方か男の方を取りかえても同じである。

二人にはあまり会話がない。会話があるとすれば、そういう場合誰もが交すことになっている会話である。だから同じ時刻に、東京のあっちこっちで、同じような二人の、同じような会話が交されていて、又それと同時にラヂオの筐の中からも、テレヴィのブラウン管の中からも、よく似た会話が聴えてくる。

勿論例外はあるが、『婚約者』という言葉をきいて、私が想い浮べるのは右のような人々である。

そういう二人の中にだって稀《たま》には秘密もあるだろうし、悲劇的な解消事件だって起るだろうが、たとえば女の方に、相手の婚約者より魅力のある、不良味のある恋人がいたと想像してみても、東京の不良じみた青年は、大体において野暮で、服装も妙ないきで、私から言うとそういう人たちよりは真面目で、善良な、鈍い婚約者の方が数十倍ましである。

恋愛の経路も、状態も底が知れていて、そんな恋愛はやめて、あなたの善良な婚約者のところへお帰りなさい、というより他に、いうべき言葉がない。

というようなわけで、「婚約時代について」と、題に掲げたようなお話を、面白く書くことが、私には出来なかった。課せられた題材と異ったことを書いてしまったようで、私は一寸不安になっている。

明治と西洋

明治という時代の西洋のとりいれ方《かた》は急激で大変な勢いだった。西洋は貪婪《どんらん》な食慾をもった日本の口に入ると忽ち吸収された。だが、貪婪で急速だったけれども、明治は西洋を新鮮な感覚で捉えようとし又そのために確実に捉えていた。学者でも、文学者でも、少ししかない原書を写し、熱中して研究したらしい。大砲筒のような髻を頭にのせ、沢庵の桶を持って外国に渡って交渉をやった日本人や、紙と木の家の中で、洋燈の明りの下で、西洋の文学者や学者と心の世界で向い合い、話をしていた日本人がいた。現代《いま》のように日本の国の中に外国の飜訳本が汎濫し、飛行機や電信、ラヂオやテレビで、世界中の出来事が地球の上を馳け廻っている世の中では、西洋は黙っていてもどんどん入ってくるようになったが、西洋の入って来方《かた》が旺んになればなる程受け入れ方は軽っぽくなって来た。外国のものを明治時代には舶来《はくらい》といい、外国のものを着ている人をハイカラといい、大正時代になるとモダンといったが、殆どの人間が外国のものを持っているそんな特別な名称がなくなった。

　ところが眼を開いてよく見ると、明治の人の方が本もののハイカラだった。外国語が少しは読めるとか、家の人の中に外国へ行ったことのある人がいるとか、従って家に外国の本が沢山あり、ピアノがある、というような家の人だけがハイカラななりをしたからだ。明治の娘たちは洋服を着ている娘を見ても、早速まねようとしなかった。洋服を仕立てる仕立屋がどこにあるのかわからなかったり、西洋へ誂えるのには英語で誂えなくてはならないという事情もあったにしても、明治の娘たちは、英語も読めないのに洋服を着てはおかしい、と言って、着ようとしなかったのだ。ハイカラが上辺《うわべ》より中味だったから、飜訳劇を見に行くのは本当に熱烈に好きな人で、唐桟の着物の男の中に西洋が入っていた。日本橋の老舗の旦那がくさやで夕飯をたべてから「幽霊」（イプセン）を見に行き、帰りにパウリスタで珈琲をのんだ。巴里でJ・C・ブリアリと女の奪り合いをやっても勝つような男が、黒地の絣銘仙を着て黒いメリンスの兵子帯を下腹にぐるぐる巻きつけているのを私は身近かに見ていたが、現代の喫茶店人種と比べてみるとしびれる程の素晴しさだ。昔は当り前だと思っていたのでしびれなかった。

私の父親のことで書きにくいが、彼は伯林《ベルリン》の珈琲店《カフェ》で酔って、「俺は結核だ。そばへ寄るな」と叫んでいた。その晩は女を要らなかったからだ。するとその店にいた一番きれいな女が父の傍へ来て、一緒にいた人々にわからないように部屋の鍵を渡した。父親は長靴を脱いで掌に持って女の部屋に入って行ったそうだ。留学生の彼が金がありそうに見えた筈はない。眼が三角で下《さが》っていて、髭が上へはね上がった彼の顔は、明治の日本ではもてない条件が揃った顔だったので、彼は（西洋では下女でも、馬鹿な男の女房になるより偉い男の下女《げじょ》になった方がいい。＝妾兼業の下女ではない＝その方が何かを得られると言うのだ）と言って怒っていた。私は彼の美をわからなかった明治の女を心の底から軽蔑している。彼は私の最初の恋人だからだ。横道に外れたが、ともかく明治の人間は西洋に熱中したが、全然卑屈でなかった。熱中の方は始めてぶつかったためだとしても、卑屈でなかったのは素晴しい。黒地の絣銘仙の男も、父親も、西洋に対してまるで卑屈がなかったのだ。

全くおかしなことだが、夜になると暗くて、店々の灯火の明りが、少し湿ったような木煉瓦の道や、お化けのような柳の並木を浮び上らせていた明治の銀座の方が、今の銀座より西洋のようだったし、倫敦《ロンドン》のパイプや洋杖《ステッキ》、赤箱と称する舶来の香水、銀狐や栗鼠のマッフやストオル等を売っている唐物屋、革命で死んだロマノフ家の人々の持っていた宝石を奥深くひそめている古物商などがひっそりと建っていた昔の銀座の方が、カルダン、サン・ロオラン、アアル・ヌウヴォオの展覧会、ミロ展等々が溢れている現代の町よりハイカラである。西洋のとりいれ方に落つきがあって、深いからだ。現代のカルダン洋服を着て、巴里直輸入の髪の女より、どこかロゼッチの女のような髪に自分で結って、ハイカラな味のある着物を襟を詰めて着ていた昔の女の方が西洋を消化していた。カルダン女はマキシムで気取って何かたべても、おにぎり屋で、飯の塊に海苔が張りついたのを三つたべないと落つかない感じだし、昔の、着物を着た少女は銀色の匙で肉汁《スウプ》を飲んでいる生活が唇の辺りに漂っていた。何もかもが軽っぽい。新劇の在り方も現代は、西洋をすべて知っている役者たちから、私たち観客は上の方から見下ろされ、教えて貰う感じがある。読書を全くしないで、明治の新劇をみた幼時以上に進歩しない私の頭の方にも罪があるかも知れないが、尚且つ私は現代の（昭和と西洋）の在り方が、きらいである。軽っぽく汎濫して来てうれしいのは食料品だけである。

下町

ずいぶんもう長く生きて来たが、私が好きな下町に住んだのは谷中清水町に住んだ一年と、浅草神吉《かみよし》町に住んだ三年、全部で四年足らずにすぎない。そうそう、巴里に小一年暮した時も巴里の下町だったから、私の下町生活は五年近くにはなる勘定である。この世に生まれおちてからずっと山の手暮しで、この五年の下町暮しを除《ど》けるとあとは、私にいわせるとド田舎であろうところの、「かねやす」までは江戸の内といわれたその、「かねやす」から外《はず》れた本郷、三田台町、目白雑司谷、世田谷と杉並である。自分の好きな場所や、気に入った家に住もうとして、人に頼んだり、自分でも探して歩いたりし、見つかると、引越しという、私なんかには大変な重労働なことをやる人々があるが、そういう人生に積極的な人間ではないので（一寸オーヴァーだが）、運命の波に乗って、その時々に移動させられるだけである。谷中清水町は嫁に行った家が大家族、大邸宅だったので恐れをなし、婚約中から周囲の者が探し、ただ実家に近いというだけが取柄で、谷中清水町の小さな家に移った。清水町は、本郷千駄木町から坂を一つ下りて少し行っただけで全く別の世界である。清方《きよかた》の下町情緒を描いた絵の中にある、煮豆屋がひき出しのついた屋台車を挽いて、風鈴のような鈴を鳴らして歩いている絵があるがその絵にある家にそっくりの家であった。この家には私の父親が博物館に通う通り道であるという好条件にもめぐまれていた。越してみると生まれて始めての下町ぐらしだった。往来へ向いた玄関に並んで櫺子《れんじ》窓《まど》のある部屋があり、その部屋は台所と隣りあった湯殿に続いていて、その部屋以外に脱衣場兼化粧部屋にする部屋はないので、簾がもし無かったらまる見えで、いつか母たちと飯坂温泉でみたお女郎の張見世のようになる具合だった。階下の奥の寝間《ねま》（寝間という感じなのである）から突当りの手洗いへ入るところには、斜《なな》めに刻みを入れた、いきな濡れ縁がついていたし、茶の間への入口は壁を丸みをつけてくり抜いてあり、すべてどこかお茶屋めいていて、男の手洗いはなく、妾宅のために建てた家らしかった。私たちが越すことにきまると、大工の家主がどういうわけか好意を持って、（お妾でなく新婚さんだったからかもしれない）玄関わきのそこだけちゃちな西洋館になっている応接間の天井にペンキ屋に青空に白い雲を描かせ、そこへ天使を飛ばせた。又手洗いのところには新しい竹製の手拭掛けに、斜めに半分藍壺に浸けたような、いきな手拭も下げ、湯殿には真新《ま》しい腰かけや手水、小桶があった。そのくせその大工も、仲間のペンキ屋も一度として姿を現わさなかったので、私にとって永遠に架空の人物として私の頭の中に残っている。私が細っそりした美人で、前もって大工が惚れていたという設定だと、姿を現わさないのも面白いのだが。(一体私は何を書いているのだ?)

もう一つの下町暮しは浅草神吉町の勝栄荘だが、こっちの方は下町にざらにある所謂アパート造りで、窓の内側が物をのせる台のようになっていて、扉だけが西洋の扉《ドア》になっているというお定《さだ》まりの殺風景な部屋だったが、中に住んでいる人物たちはチヤキチヤキの浅草っ子で、夏になると殆ど女の住人は、水色や桃色や白のスリップ姿でガラガラ下駄を引きずって通る。浅草の六区へは歩いて行ける。私は毎夜のようにひっつめに前掛けで下駄を鳴らして映画館に通ったが、そういう女風来坊といったような奇怪な行動が、すんなりと受け入れられる社会である。浅草の人間は勤労を誇っていない。そうして、おあしがあって遊んで暮している人を見れば「豪勢《ごうせい》」だと言って、むしろソンケイするのである。八百屋も錠前屋も、そこら中の人間がなんとなく話がわかり、遊びに行くために働いているのである。五日働くと週末や夏休みには犬も女房もボロ車にのっけて郊外の踊り場や、近い海に行く巴里人間と同じである。それが私の気に入る。柴刈り縄ない、わらじを作り、親の手を助け弟を世話し、二宮金次郎のひそみにならい、フラフラ歩いている人間を見ると後指《うしろゆび》をさして嘲笑《す》する人種は田舎、及び、「東京の田舎」であるところの世田谷、阿佐谷、荻窪、等々に主として棲息している。私がアパートの廊下を抜けて、細い路地を距てた家主の家と隣家との間の庇合《ひああい》を通りぬけて表通りに出てまっすぐ歩けば六区である。まだ瓢箪《ひょうたん》池があり、白っぽく明るい池のあたりではへんな爺さんがへんな言葉を呟《しわぶ》くが如くに囁いてすれ違う。オペラ館、金竜館、ロック座、フランス座が軒を並べ、エノケンのピエェル・ブリアントが立て籠る松竹座は屋上の角い縁《へり》に橙色の電気のネオンを夜空に鈍く光らせていた。その建物の中で、江戸の芝居のそそりのような、落語、歌舞伎から取った喜劇は江戸の香《にお》いを、レヴュウまがいの喜歌劇は巴里の場末の気分を、ふりまいて、毎日毎夜観客を沸騰させていた。エノケンの天衣無縫のギャグや表情に人々は爆笑、又、爆笑し、小さな二階建ての小さな建物は人々の笑いの怒濤にゆれ動くようで、あまり笑って死亡した老人もあった。又、オーケストラ・ボックスの中にいつのまにか入って来て、腹を両手で抱え、上半身を折り曲げて笑う、伊太利大使館の館員もあり、二階で、後《うしろ》から押されて人間が降ってくることもある。これが私の好きな下町の劇場であって、エノケンのギャグの才や音楽の才と、菊谷栄の脚本が造り出した、素晴しい喜歌劇の足元にも及ばないこの頃のミュージカルを演《や》っている帝劇なぞは、私の行きたくない劇場である。エノケンの芝居は下町の芝居であって、他の大劇場のミュージカルや、勲章をぶらさげた、ソヴィエットの人民芸術家のポポスなぞよりもはるかに軽く、愉快で、上等の酒のような笑いだった。松竹座で笑いに笑って帰るタクシーの中には、まだ香《にお》いの消えない桜の枝が挿してあることなぞもある、そういう時代だった。私は六区の小屋に出ている楽士の女房や、父親のない男の子と二人で住んでいる女給や、お妾、なぞの部屋をまねて、わざとチャチな衣桁をおき、浅草の家具屋で買った小さな鏡台の上には、氷屋のコップのように半透明な花瓶にチューリップを挿し、ねころんで、青い空を眺めた。浅草の空は底の底まで青く晴れていて、時々烏の群が小さく列になって横切る。隣の洗い場からは、近所で工事をしている人夫が「雨よ降れ、降れ、なやみを流すまで」と歌う声が底ぬけに呑気にひびいて来ることもあった。あまり長くなるので巴里の下町は略して、私の今までの生涯に二度だけあった下町暮しの楽しさを、書くだけにした。

下町に、下町の人々に、永遠の幸あれ。

歴史を習った効果

小学校の五年の時から歴史の時間があって、歴史というものを習ったが、天照大《あまてらすおおみ》神《かみ》が機《はた》を織っているところへ弟のなんとかいう命《みこと》が生馬《いきうま》の皮をはいで窗《まど》から投げこんだとか、あめのうずめの神の踊、さては草なぎの剣《つるぎ》のお話、神武天皇の槍の穂さきに金色の鳥が止まったとか、その辺までは面白いものだと思っていたが、人間の世界になってからはだんだんつまらなく、難しくなって、全然覚えにくいいやな学課になってしまった。私の小学校は、お茶の水女子高等師範学校附属小学校第二部、という大変なしかつめらしい名の学校で、歴史の先生は大塚先生という、昔のおとなしい武将が年とって一層おだやかになったような感じの髭のある、顔色の冴えない、ちょっと前こごみに歩く先生だった。

人間の世界になってからも、飛騨《ひだ》の匠《たくみ》の話とか、平清盛《たいらのきよもり》が鎧の上から衣《ころも》を着て重盛に会った話とか、実朝《さねとも》が公暁《くぎよう》に殺されるところなんかは面白くて、よく覚えた。そのせいか後になって、源頼家に頼まれて打《う》った面に死相があらわれ、彼の暗殺される運命を予知したという面師《おもてし》の夜叉王の芝居や、武よりも文に秀れた実朝を描いた「実朝の死」なぞの芝居にひどく興味をおぼえた。両方とも先代の左団次が演《や》ったが、先代の左団次は私の父親が訳した西洋の芝居が帝劇に上演された最初の頃からいつも主役を演っていて、「ジョン・ガブリエル・ボルクマン」のボルクマンや、「馬盗人《どろぼう》」のどろぼう、「出発前半時間」のオペラ役者、なぞになったことがあって、私は七つ位の時から見ていたし、岡本綺堂の、今言った夜叉王の芝居（「修善寺物語」）や「箕輪心中」なぞを演ったころは、私が十五、六の時で、その後もずっとよく見た。

破顔一笑する顔が大変美しく歯の白い役者で、だんだんその笑顔が芸になって、渋い、微妙な微笑を表現するようになって行った。文に秀でた武士や学者の役をやると当時の歌舞伎役者の中では随一で、「福沢諭吉」や、なんとか言った暗殺される学者が素晴しかった。大正年間の、人気の最もあったころは女学生のファンが多く、このごろでいえば西郷輝彦とか、舟木一夫の人気があった。駿河台の左団次の家の廻りを一廻りしないと睡《ねむ》れないという女学生の群があるので評判だった。愛妻家で、花柳界にゴシップがないということも、ストリンドベルヒやウェデキンドを読んでいるというようなことも、女学生に好かれる原因だったが、その白い歯を出して笑う微笑の美しさがファンを惹きつけたのである。私も十五、六歳のころ、「箕輪心中」の藤枝外記《ふじえだげき》の微笑を陶然《うっとり》として見た。そうして、左団次が外遊して帰って、歌舞伎座のマスを椅子席に直し、出方制度を廃止したので、失業した出方たちが乱暴をしそうな状勢になった。初日の夜、人々が心配するのを笑って、わざと人力俥の母衣《ほろ》を上げさせて一人平然と帰った、という記事を雑誌で読んで大感激に陥ったのだった。

一体に七つ八つの頃から父親の訳した北欧の暗い芝居を見ていて、それらの芝居はどれもこれも深刻をきわめていて、必ず誰かしらんが胸を真紅に染めて倒れるか、紅い帷《とばり》の蔭から暗殺された若い男の脚が出ていたりというような凄いのばかりだったせいか、暗殺とか、悲しい運命に興味があった。それで、結婚後五年か六年目に、原敬が東京駅でたしか艮《こん》一という青年に刺されて死んだ時も、原敬の、白髪の美貌にもいかれていたが、その時の新聞記事に「首相が東京駅の掲示板の前に差しかかった時、飛びかかった艮一の短刀に脇腹を半月形に刺され、〝うむ〟と低く言った切りその場に崩れるように蹲まった」とあるのを読んで感激した。その時は二十一だったが、今の少女でいえば十四、五位の稚さで、一つ年上の夫の妹と二人で感激した。まだ結婚がはるか向うにある少女のような心境で、現実には三つになる子供のある奥さんだったから、すべてがなんとなくちぐはぐであった。

小学校五年から女学校卒業まで習得した歴史という学問も私にとっては一つの教養とはならず、やっぱり同じ期間、習得した筈の地理もなんの役にも立たなくて、すごい地理音痴で、一人ではまんぞくに歩くことも出来なくて、旅行すれば、友だちのお荷物になるというしまつである。その癖、点取り虫なので、歴史も地理も、お釣をごまかされても判らないのに数学も、満点で卒業した。一種の詐欺《さぎ》である。

シャーロック・ホオムズ

シャーロック・ホオムズは私たちに、彼は本当に実在した人物なのだと、信じさせずにはおかない、一人の小説の中の人物である。コナン・ドイルが、実在の教授をモデルにして描いたというホオムズが大好きになって、あらゆるホオムズの事件を読んだのは、もうずいぶん昔のことで、このごろは、残りの生涯が全くない、といっていい程少なくなった生活の中で（といっても私は、若い昔と全く同じように、まだ何十年も生きているという感じで毎日生きているが、あとうまくいけば五年か七年、まあ大ていは高々二年、もしかすると一年かもしれない、という感じは、明瞭《はっきり》とものを考える、私のもう一つの頭の中にはあるので）書くことで一杯になった現在では、失くしたホオムズの本を又根気よく集めて、終日静かに読んで楽しむということが一寸不可能の感じである。

私のよく知っているホオムズは、ものは悪くないがクリーニングにもあまり出すこともないらしい、肱や膝なんかは地が薄くなっている趣味のいい洋服、皺をつけたままのレェン・コオトを着、靴下は伊太利の運河のような、茶色とも濃灰色とも見分けのつかない、それでかすかにオリイヴ色も混ざっているようなのを履き、靴はロンドンのあらゆる街の土、郊外の粘土質の土なぞをつけていて、底の革はすり減っている。ベエカー街576（？）の二階に住んでいて、訪問者はワトスンと、種々雑多な依頼人の他は来る人はない。激しい雨の夜、事件が起こると、「ワトスン君、切角今夜は休息しようと思ったが、われわれは現代の文明が造り出したあらゆる防水具をつけて、雨の中に出発しなきゃあならないらしいね」なぞと言い、時を移さず階段を駆け下りる。下宿の奥さん（残念だがこの夫人の名を忘れた）が用意した冷たい鴨料理もそのままだ。街で時間が残った時、ワトスンと待ち合せる時なぞにはブランディー入りの珈琲を喫《の》むのである。ホオムズが手脚《てあし》は長いが敏捷で棒術の名人で、ありとあらゆる毒物に委しいことや、鋭い正義感、又ソドミストでもなくて女を好きでないことも、ワトスンとの、なんともいえない、柔《やさ》しい友情も、好きである。灯火で温まったランプの蓋の上にのせておくと、熱で溶けて気体になって蒸発して、そこにいる人間が毒にやられた瞬間の儘の形で死ぬ毒薬を試してみるために少量の薬を装置したホオムズが、呼吸が苦しくなり、慌てて、一緒のワトスンともつれ合うようにして庭に出て倒れ、ワトスンに済まなかったと言うところなんかも忘れられない。ワトスンに恋人が出来て、さらりとした態度で、寂しいが祝福するホオムズ。だがワトスンは結婚後幾らか日が経つと、もとの木阿弥で始終家庭から出て来て、ホオムズと一緒に探偵をやり出す。読者に媚びるところなぞ全く無くて、それでいて、読者へのサァヴィスの行き届いているドイル卿も素晴しい。

　私がホオムズの小説の中で、とくに好きで覚えているところは多いが、二つ三つ挙げると、彼は部屋を全く片づけないでいて、返事の必要のある手紙を小剣で壁に刺しておいたり、メキシコ産の刻み煙草を、上靴の中に入れておいたりするので、ワトスンが或日たまりかねて、「今日は片づけよう」と断固として言い出すと、ホオムズは隣の部屋から、これまでの事件を一件一件束ねて、大切に蔵まってある筐《はこ》を持ち出して来る。そうして一寸狡そうに微笑《わら》って、話を聴きたくないかね？　という顔をする。勿論、ワトスンは誘惑に勝てない。そうして一杯詰まっている束の中から一つを取り出すが、その彼の手つきは、女の子が大切な人形をとり出す時のように柔しいのである。又、稀に事件のない日、ヴァイオリンを出して弾くが、その指の細く長い手で、柔しく掻き鳴す、と描いてあるが、目に見えるようである。

「白銀号事件」もいいし、ライオンズメェン（発音は不確かだが）――猛毒のある海月《くらげ》――もよかったし、「斑《まだ》らの紐」もいい。始まりの部分がすごく滑稽な、「赤髪聯名」も好きだ。たしか、「オレンヂの種」という題で、依頼者の若者が相手の巧妙な罠に篏まって死んだ時、「可哀そうに、切角頼みに来たものを」と悔やむところ、又、狡猾で、とうとう手錠を篏めることが出来なかった奴に、怒って、細く長い棒で打ち据えるところもよかった。

時代が古いから当然のことではあるが、ホオムズの小説があくまで探偵小説であって、推理小説でないことも好きな点だ。むろん、現代の推理小説にも夢中だし、ホオムズとは反対の、足でこつこつ突きとめるまで執拗に探偵を進める型のクロフツも好きだが、シャーロック・ホオムズの人物への親しみは私の場合特別である。私の希望は挿絵入りの古いホオムズの小説集を手に入れること、ホオムズの下宿の夫人の造えた冷たい鴨料理がたべてみたいこと、又馬車が走っていたロンドンと、荒涼とした英吉利の湿地帯を見たいことなぞである。

私は、多くのホオムズファンの中で、私が一番のファンだと思っている。それが嘘か本当かは、ホオムズ自身に訊いてみればわかることだ。

再会した裸の女たち──モジリアニ名作展をみて

私はモジリアニ展から帰ると、想った。《他人《ひと》に親切をすればいい報いがあるというのは本当だ》と。（頼まれて、書きますと答えることが親切をしたことになるような作家ではないのであるが、小説が一年三ヶ月も書けず、そこへ、私らしくなく随筆がたてこんでいて、電話があった時苦脳の最中だったので、親切をしたような気持でいたのである）いい報いというのはあこがれのアポリネエルの肖像（素描だが）をみることが出来たという、思いがけない幸福があったからだ。アポリネエルは私の敬愛するルッソオの死んだ時、世にも素晴しい鎮魂歌を贈ったということで憧れはじめたのだ。

私はモジリアニには悪いが彼の描く、鼻も頬も長く、首と胴、手足もすべて長い裸の女が好きになれない。欧露巴では美術館で、日本では雑誌なんかで、彼の裸の女は何度見たかわからないが、どう見直しても好きになれない。今日はじめて本ものを見たがやっぱり嫌いである。又モジリアニは生前は認められなくて生活も、死ぬまで画商に買い敲《たた》かれていたらしいし、愛し合っていた奥さんも可哀そうな死にかたをしたということも映画で知った。それなのに私は彼の顔も好きになれないのである。美男の部類にたしかに入る顔だが、基督の顔を空想するほど、なんとなく神様的で感じが弱い。首や胴の長い彼の女の絵にもグレコ的な宗教味があるのだが、彼の女の絵（ことに裸の）には宗教味と同時に大変にいやな生々《なまなま》しさがある。生々《なまなま》しいのも好きだし、宗教的なのも好きだし、宗教的なものと、生々しさとが同居しているのも好きなのだが、モジリアニの画の中にある、それら、又それらの混合が好きになれない。それは私が宗教というものがほんとうにはわからないために、グレコのように、いかにも崇高な、しかも最高に美でないと好きになれないのかもしれないし、又、生々しさにしても、自分が生《なま》な生々《なまなま》しさ、というのもおかしいが、生々しさをそのまま出さないで、それを何かにくるんで書いているし、そういうのが好きだからなのかもしれないが、モジリアニの生々しさはあまりに生《なま》である。山葵のない鯛のお刺身、辛子のない初鰹のお刺身、葱や辛子のない鰹や鰺のたたきのようだ。モジリアニよ、怒るな。画でもなんでもあらゆるものが現在では強い香辛料を要求しているし、又衝撃《ショツク》を必要としていて、現在のように、味でいえば舌が曲りそうに辛い、苦い、時代では当前のことであるが、辛さも、ショックも、何かでくるまれていなくては面白くない。モジリアニが死んでもう二十年以上も経っていて、誰一人彼の裸の女を生《なま》だという人がないのは何故だろう。私が好きになれない生《なま》の感じが美や魅力として受けとられているのだろう、と思うより他には考えられない。とにかく私は嫌いである。

会場に行ってみると、観衆の中にジェラアル・フィリップとアヌゥク・エメの「モンパルナスの灯」でモジリアニを知った人々も混っているらしかったが、大体においていつもの通りの人々が集まっていた。ということはモンタンが来たり、ヴィナスが来たり、ミロ展があったりする時来るのと同じ人が来た、ということである。《私たちは西武へ来てお茶碗やスリッパを買って帰るだけではなくて、モジリアニ展を見に来る人種ですよ》という顔をしている人々なのだ。日本人位いろいろな顔をしている人間はなくて、恋人たちは自分たちの楽しさの中に夢中で入りこんでいないで、他の人をちら〳〵みて、相手の洋服を見下《くだ》したりするという理解しがたい心境であるし、私は人々のいろいろな顔を見ているとうるさくて足疲《くたび》れてくる。画の展覧会には拍手がないだけは助かる。本当に感動しない人も強烈に敲くので、拍手の音の中にガラン洞の隙間があり、どことなくよそよそしい。それで本当に感動しなくては感動を現わさない外国人は人々が本当に感動したのか、感動しないのに礼儀で手を打っているのかわからないから（役者が持役の人間の感動を現わす時とか、悪人が必要上感動を装う時の他は）へんな顔をし、硝子のような微笑いを浮べて引っ込むのである。音楽を聴いても画をみても、解らなければ解らないなあ、という顔をし、きらいなものならしかめ面をし、西洋人は拍手をしても、感動しなかったら拍手をしないでいるようにすればどんなに楽だろうと、思うのだ。

観客はともかく、私のきらいなモジリアニの女たちも、洋服を着ているのははるかによく、男の肖像もいい。裸の女のかなり大きい絵が目に入った時には、《ああ、やっぱりきらいだ。》という、一つの愕きのようなものが走った。それは衝撃のような不愉快であって、それは殆ど一つの感動のようなものだった。私は着衣の肖像や、素描をひと通り見てから彼の顔の写真と、デスマスクの前に長く立止まった。魅力がない、好きではない顔ではあるが、善良な神様的なその顔は、涙と苦脳に洗われた果てのようで、可哀そうになって、目が離せなくなったのである。ことにデスマスクは、死んだあとでも苦脳しているようで、睫毛の長い、固く閉じた眼の辺りや、鼻の辺りから唇にかけて、啜りなきの声や、涙をいっしょにすすり上げる音が聴えるようだ。アポリネエルの肖像がほんの軽い素描だったのは残念だったが、明るい色の目をした、いい意味で大家らしい風格のある人物らしく見えた。

結局アポリネエルの素描と、モジリアニの写真とそのデスマスクだけを一心にみて、他の展覧会や、外国の音楽家のリサイタルに来た時のように、パンフレットや、絵葉書も、ポスターも欲しがらずに私は用事をすませた人のように、さっさと会場を出た。

夏と私

朝の嵐（五月）

一晩中雨を含んだ夜気《やき》に蒸されて、湿《しめ》り気《け》の感じられる廊下を踏みながら、私は重いガラス戸を押開けた。瞬間、庭中の小枝《こえだ》、木の葉をゆすぶり、たわませ、狂乱させていた嵐めいた風が私の鼻を打った。出たばかりの新葉の匂い、湿った土の匂い、生《なま》乾《かわ》きの木木の肌から蒸発する匂い、蟲の匂い、苔の匂い、朽ちた木の匂い、これらの匂いを含んだ風は生《なま》ぬるく、悩ましく、さわやかに、煽《あお》るように私の全身に吹きつけた。その瞬間の風の香気、空気の色は、丁度複雑な味を持った果物をナイフで一息に割った瞬間のさわやかに生《なま》ぬるい、水気《みずけ》を含んだ香気に似ている。わずかの間に弱められ、強さを失ってしまう惜しい香気だ。

夜中《よじゅう》降り続いた雨が上がってまだ日は照らず、空が薄明るくなったばかりの庭を嵐めいた風が吹きまくる。気をつけてみると、風の中に海の暖流のように冷《ひや》やかな、寂しみのある流れの中に、或る部分沙漠のいきれのような、熱のある病人の体の熱気のような、生暑《なまあつ》い、底に熱を持った流れがゆるく流れているのが感じられる。冷《つめ》たい水《みず》気《け》を含んだ底に暑さのある風、多量な庭一杯の、揺れる木の葉、風の匂い。爽かに、清朗な、それでいて底に重さとうるおいのあるこの風の香気は、乾《かわ》いている私の頭を濡らしてくれる。静かな、沈んだ、嵐の朝の光の中に鳴る、水気《みずけ》をもった青い嵐は、私の心を柔かにし、心の中《なか》に湿り気のある豊かな感情を置く。

柔かな感情、豊かな心。それは私にはなかなか得難いものなのだ。町を歩いている私の心は瘦せ、乾枯《ひか》らび、一息毎にあらゆる塵《ちり》を吸い込むのだ。日本人の人生は稀薄だ。浅いところで器用《きよう》に造《こしら》えている人生、それから奥には手を触れないでいる、心を厚く塗りつぶした人生。巴里の町、マルセイユの家、伯林の敷石、ヨオロッパの町や家は、そこにあったあらゆる出来事を、人生の味を、濃く浸《し》み著かせているのが、それを一つも知らない一人の旅行者の眼にも感じられる。日本では人生を吸い込んで或る表情を帯びている石や道、木、家なぞを見る事はたまにしかないのだ。これは私には堪《たま》らなく無感興な、不愉快なことなのだ。匂いも味もない空気、石、家、樹木。私の頭は柔かく濡れる事がない。いつも乾《かわ》いて、紙屑や塵埃《ほこり》が一杯に詰り、悪るく疲れ、時とすると破れそうに、狂いそうに、不愉快が一杯になるのだ。芸術の香気のある踊を見る、作品の上で厚みのある人生を感じ、人間を感じる、自然を見る、犬を見る、主義や、党派や、趣味や野心や誇張が無く、一本の木の枝のさき、一枚の葉っぱに、しみじみと感じて書いた画を見る、というようないろいろな事で、私は乾く心を濡らすのだ。私はヨオロッパの町を忘れていようとしている。ヨオロッパの町の絵葉書を見るという事は、私には苦しい事なのだ。欧洲の旅から帰って来て以来、西洋の町の絵葉書や写真版なぞをじっと味わって見る事を、私は機会のある度に避けて来た。だが避け切れずに引き込まれるようになって、それを見つめ始めることがあると、もう私は誘惑に克つ事が出来ない。私はじっとそれを見る、苦しくなる、そうしてすぐに又私はそれを伏せてしまわないではいられないのだ。マルセイユの町の写真。厚みのある人生をたくさん入れている家、柔かな空に融け込んでいる家の屋根、感情の色に濡れた敷石、落ちている木の葉、文豪のような白い髭の乞食のお爺さん、牡蠣屋の女、空にとけこみ、けむっている木木の梢にも人人のゆたかな心が或る色を塗っている、深い人生の匂いが感じられる。それを見詰めていると、現在の乾いた不愉快さが百倍にも感じられて来るのだ。そうしてみじめさ、みそぼらしさが、やり切れなく襲って来るのだ。こんな呼吸《いき》をする事の出来ないような場所で、このまま死ぬまで生きていなくてはならないのか、というような、馬鹿げて誇張した、落ちつかない、さし迫った考えが、むらむらと湧いて来るのだ。そうしてその小さな写真の中に体《からだ》ごと入《はい》って行って、その家に摑《つか》まり、石畳の上に転《ころ》がりたいような気さえしてくるのだ。

私はいつまでも思い切り悪るく嵐の中に体を晒していた。もう強さを失い、気の抜けてしまった風の匂いの中《なか》に私は立っていた。湿った空気に濡れて髪の毛はしめり、足は重くなって来た。私は名残り惜しい心持でガラス戸を再び閉《し》めたのだ。

夏の来ている庭（六月の始め）

今朝は風が無い。底にどこか熱さを持った冷気が庭を籠めている。庭中の木の葉が動かない。庭中に満ちている無数の木の葉が少しも動かないで、ぴったりと止《と》まってしまったようにじっとしている。時時眼の迷いかと思う程微《かす》かに動く葉が、ところどころにあるきりだ。すっかり出揃い、弱弱しさが消えて、勢いのない去年の葉の上に生生《いきいき》と体《からだ》を拡げて伸び切っている新しい葉が、少しも動かないでじっとしているのを見ていると、私には何か迫るようなものが感じられて来る。何かに圧迫されるような気持が起って来る。その光沢のある表面に、曇った朝の鈍い光を浮べている新しい葉を、私は見ていた。この迫って来るものは夏なのだ。これから来る、もう来かかっている夏なのだ。来かかっているのではない、よく見るともう夏はどこかに来ているのだ。夏の熱気を含んで伸びて来て、今からもう私に夏の強い力を感じさせる木の葉のむれは、もう中《なか》に有る力を潜《ひそ》めて置くのには耐え切れぬと云うように見える。夏はもう、強い八つ手の葉から、太い茎《くき》から、ほんの少しだが迸り出ているのだ。耐えられぬような気持を起させる夏の強さを、この動かない木の葉のむれは、恐ろしい程私に感じさせる。少し暗い庭の中は、夏の来ているけはいに満ちている。庭の中の空気には、夏が一ぱいに感じられる。土の匂いも春のようにほのかではない。生生《なまなま》しく、そうして強い。木木の幹《みき》も、冬のように為方なしに立ってはいない。中に強い力の流れを含んで、熱帯の植物のように圧迫《おしせま》るようにして立っているのだ。それは壮年の力強い人間を思わせる。赤い、うねった、楓の幹なぞは、弾力のある蛇のようにさえ見える。私には少し強すぎる空気だ。何かの鳥が樫の木の枝に来てとまり、その新しい葉をゆすぶっていたかと思うと、ブルブルッと身ぶるいしながら青木《あおき》の葉の中へ飛び込んで行った。何処へ行ったのか、もう桐の木の幹に隠れて見えなくなった。無数の、厚い、木の葉の雲の中《なか》に、鳥は見えなくなった。声だけが向うの方でまだしている。

庭の木の葉はまた動かなくなった。

ゆれる光（六月の中頃）

私は縁側の端《はし》に、懶《ものう》そうに坐ってしまった。もう夏は明瞭に来てしまっているのだ。庭の上の空の一部分を蔽っている青桐の葉は、上に強い日の光を受けて、その豊かな緑の色を青く透《すきとお》らせている。庭一杯の細《こま》かな木の葉の上に光りがゆれている。強い光だ。熱い風が日向《ひなた》の匂いをさせる。熱さが、私の体一杯に感じられて来た。もう何箇《なんか》月《げつ》かの間、私はこの夏から逃《のが》れ去ることは出来ないのだ。夏はこの庭の中にだけ来たのではないからだ。道路にも、建物の中にも、私の動く範囲の所には、どこにでも、夏は来てしまっているのだからだ。毎年の事だが、その何箇《なんか》月《げつ》かの間と云うものが、私にはひどく長いものに思われてならない。残暑の、異様に圧迫《おしせま》って来るような魅力をもった人間のような、私には愉快でないそう云う魅力を持った人間のような、暑さも過ぎて、庭の方《ほう》から冷やかな風が頬を撫で、単衣《ひとえ》ものを著た肩にも、素足にも、冷《つめ》たい風が匍い寄り、畳も板の間も冷えて来て、そこらあたりに冷《ひ》え冷《び》えとした気体が籠める初秋が来るまでには長い間《あいだ》があるのだ。長い、長い、間《あいだ》。その長さは私を怒りたくさえさせるのだ。冷《つめ》たい細《こま》かな雨、柔かな冷やかな微風、こんなものがどこへ行ったのかと思うほど、私のそばへはやって来なくなる。そんなものに愉快さを感じない私でさえふいと引き入れられそうになる夕なぎ、暑さに疲れた体《からだ》を簾の陰に横たえている時なぞ、ふと、庭一面に匍い籠めているように思われて来る圧力のある空気、成長し切った大きな木の葉がもくもくとむらがり、夕闇の中に死のように動かない、あの息《いき》も出来ぬほどの魅力とでも云うような夕なぎも、美くしい夏の夜も、長い、苦しい昼に蔽い隠されてしまうのだ。夏を考える時、私は昼の夏しか思い出す事が出来ない。ギラギラする、強い太陽、沙漠のような道路、そんなようなあらゆる不愉快なものを包含した、うるおいのない、乾《かわ》いた夏を考えた事が、私を張りのない垂《た》るんだような心持にさせてしまった。立つ事もいやになってしまったのだったが、強いて私は立上がり、顔を洗う部屋の方《ほう》へ廊下を歩いて行った。

思った事

裸の人間

不幸になり、体裁の衣を脱いで裸になった人間達を見た時、驚いたり、恐ろしがったりしてはいけない。知らないと云う事は不幸だ。不幸にならなければ、誰れが裸の姿を見せて呉れよう。再び幸福になれた時、ほんとうを知っている事は自分にとっても人にとっても幸福な事なのだ。

不幸

不幸がだしぬけに入《はい》って来た時、驚くことは愚だ。不幸は、来る事になっていたお客なので、別に驚くべきものではない。それに不幸は必ずいいお土産を持って来ている。それを人間が受取ってしまえば不幸は直ぐに帰って行く。不幸が来たら驚かずに落ついて居て、その手から素晴しい宝石を貰うべきだ。

美くしいもの

或る夫人に美くしいものは？　と聞くと、偉い男の額、おとめの頬、赤子の唇、と答えた。これは確かに美くしいものだ。

現実

私は今まで自惚《うぬぼ》れていた。この頃ほんとうの自分を見て、もっと偉いものに思っていた時より却てそれが嬉しい事だと云う事を知った。百万円あるように感じているより、確かに自分の掌に一銭を握っている事が分った事を頼もしく思う。これから勉強してこの一銭が少しでも殖えればいいと思う。

真直ぐの道

どんな種類の事にせよ世の中で、真直ぐに一つの道に突進もうとする時、人間は傷だらけになる。狡獪な裏道から進む時、道は遠くなり、良心に傷を負う。少数の人間が傷だらけになって目的地へ達する。

真直ぐに目的地へ達した時、そこに熱が生じ、火が燃える。裏道からそこへ達した時はその人間自身も、廻りの人々も熱を感じる事がない。人々は来る所へ来たという感じを抱くだけの事だ。真直に目的地へ来た時の、噴火しつつある火山の頂きのような、手術刀《メス》を突込まれた腫物《しゅもつ》の尖端のような、その感動の塊。それは又いつのまにか萎えしぼみ、他の場所へ行って噴出する。地軸に火が燃え、所々の火山の口をめがけて、交《かわ》る交《がわ》るに吹き上げるのと同じような、或力の塊が、人間の感情の底にある。人間の住む世界の地軸には、地球のそれと同じように、絶える事のない火が蟠《わだかま》っているのだ。そうして海岸で子供が造える砂の山のように、人間の世界の出来事は盛り上っては潰れ、燃えては消える。私達はどこかに火の塊が出所を見つけ、空に向って迸る火山の溶岩のように吹上げるのを見る時、その勢あるものを見て、この上のない愉快を感じる。

私は昔、真直ぐな道から自分の目的地へ達した。火は迸った。人には見えないが私の中に燃え上った炎、その赤い炎を見て、火を見て喜ぶ子供のように私は喜んだ。併《しか》し私は長く喜んでいる事は出来なかった。火の粉はいつのまにか私の上に降りかかって来たのだ。あとからあとからと私の上に落ちて来る熱い溶岩と焼けた砂とは私に、骨にまで達する火傷を負わせた。私は苦しんだ。火傷の痛みに苦しんでいる私の周囲には、笑っている人々があった。火を圧《お》しつけられて海老のようにはね返る毛蟲のように、身を拗《よじ》って苦しんでいる私を、面白い見世物を見るようにして笑い嘶している人々があった。——それらの人々にこの文章を見せる時、その人々は各々自分ではないと思うだろう。或科学者の言葉のように人間の悪意の後には善意があり、善意の後には悪意があるので悪意ばかりの人間というものはないのだから。そうして自分の善意は大きく輝いて見え悪意はなんでもない。大したものではないように。又、可愛らしく、許されるべきもののように、見えるのだ——私は熱さに堪えられずに近くにいる人々に向って感情を爆発させた。暴れれば暴れる程痛みはひどくなった。身近の人々も私から離れて行くようになった。私はだんだんに勢をなくしていった。身動きをする事も、立つ事もしたくないだるい日々が来た。私は何をするのも厭になった。死ぬまで一つ部屋の中に寝転んで、天井を眺めていたいと思うようになった。希望というものがない。従って活気がないのだ。落ち込んだ穴の中に、火傷の痛さが感じなくなるまで一生、座り込んでいたいと、私は思った。雨の降る日、私は部屋の中に座っていた。土砂降りのその雨の音と一所に自分の体が足の先から腐《くさ》敗って行くような心持を、私は覚えた。

そんな倦《だる》い日々が幾日か続いた後、私は或日になってやっと、汚れた悪評の中から匍い上ろうと努力し始めた。落ちて来る石に傷つきながら私は匍った。穴から匍い上ろうとする蟲のように、私は哀れな努力を続けた。苦しみの中に落ちた時私は、私の廻りにはじめて体裁の着物を脱ぎ、裸になって立ち上った人々の群を見て驚いた。だが私は、だんだんにその裸の人間に馴れて行った。私は、人々が仲々見せない裸の姿を見せて呉れた事は不幸の力なのだと、考えるようになっていったのだ。私は不幸を改めて見直した。そうして不幸というものを、素晴しいものに思い始めたのだ。知らない、と言う事これ程恐しい事はない。なにも知らずにいる幸福、そんなものは幸福ではない。何も知らないでいた子供の時、青春の時の自分の幸福を、振り返って恋しがるような事が、なくなっていった。ものを知るという事が人間の一番の幸福なのだと、私は思うようになった。自分の今まで着ていた自惚れの着物も、ぬがなくてはならない時が来た。私は始めて自分というもののほんとうの形を、はっきりと見る事が出来た。私はその今までよりは俄に小さくなった自分を愛し、少しずつ大きく育てて行こうという、楽しい希みを持ち始めた。

底に蟠《わだかま》り、少しずつ大きくなって来た不満の塊に火を点じ、燃え上るのを見て喜んだ私の過失《あやまち》は、私に幸福を持って来てくれた鍵のように、今では思われる。併し私は二度と真直ぐな道を歩く事はしないだろう。同じ事はやって見る必要がないからだ。

「不幸が入って来たのを見て驚く事はない。不幸は来る事になっているお客のようなものなのだ。不幸だっていつまでも居たがってはいないのだ。彼はその黒っぽい着物の下に素晴しい贈物を持って来ていて、それを私達が受取るのを待っているのだ。その贈物を私達が受取ってしまいさえすれば、不幸は帰って行く。不幸が来たなら、驚かないで、その手の中から、『ほんとうの幸福』という、光る宝石を受取らなくてはならない」

編者あとがき

「何か書くようになったことは、私をずいぶん幸福にしたようだ」

早川茉莉

「天職」ということについて考えてみることがある。辞書を見ると、「天から授かった職業。また、その人の天性に最も合った職業」とある。天から授かり、天性に最も合った職業。改めて天職について考えてみると、すごい言葉だし、すごいことなのだなぁ、と思う。

森茉莉にとって、書くということは、まさしくその天職だったのだと思う。鷗外の娘として生まれてきたことも、幼い日々も、巴里での日々も、離婚とその後の日々も、そのすべてが甘い蜜のように胸底にたっぷりと滴り、書くという大河に繋がる流れになっていった。そして、作家としての森茉莉は、白石かずこさんの言葉を借りるなら「執筆という天職に天使のように忠実であった」のである。

この文庫を編集しながら、「書くことの不思議な幸福！」を改めて読み、なるほど、と思った。ぼんやりと思っていたことが書くことによって鮮明になる。書くことによってなるほどそういうことだったのかと理解する。森茉莉が書いている、思うことと書くことのそんな繋がりの構図が、私にはとても興味深い。作家・森茉莉の天性の資質を垣間見た気がする。

このような思いの中で、しみじみとするエッセイがある。「椿」である。

客が帰って一人になった部屋。その部屋の簞笥の上に、貰った乙女椿の枝を挿したガラスの砂糖壺が置いてある。その夜は停電で、乙女椿の壺のそばに置いてあるランプと一本の蠟燭が、木下杢太郎が描いた内裏雛の画を照らし出している。そこには思い出の色、明治の色がゆれている。その灯は、幸福な光も呼び覚まし、楽しかった幼い日々がよみがえって来る――。

上質な短編フィルムを見ているようなエッセイである。

読みながら、想像してみる。セピア色の空気に染まった窓や壁、調度品と共に、優雅な時代の名残りが感じられる部屋を。そこにあるのは、自分の好きなもの、自分に似合うもの、そんな物指しで選ばれたものたち。そして、古い簞笥の中には匂い袋の名残りをとどめた上質な着物が仕舞われ、鏡台の上には繊細なデザインのレトロな香水壜やカチンと音をたてて蓋がしまるコンパクトが置かれている。

そこに暮らすのは、まだ世界がゆったりと優雅だった時代の香りを知っている人、エレガントな嗜好を着慣れた洋服のように身に付けた人、である。

その人は、見えているものよりも、見えていないものが醸し出す「豪華」の方が本当は豊かなことなのだと知っているし、何かを求めて遠くまで出かけて行ったりはしない。幸福は心の中にあること、今、ここにあることを知っているのだから。部屋の中に、幸福にしてくれるすべてのことがあるのだから。

たとえて言うならその人は、『すてきなおばあさんのスタイルブック』（田村セツコ著、WAVE出版）の里子さん。あるいはまた、映画『八月の鯨』のリリアン・ギッシュ。二人とも、「今」の背後に、深い森のようにたくさんの物語を持ち、その物語に裏打ちされた優雅な時間軸の中で暮らしている。そして、引いては寄せる静かな波のように、過去と現在を、時には未来へも行き来出来る「魔法」を持っている。

森茉莉もまた、優雅だった時代の記憶をとどめ、時を軽やかに行き来する魔法を持っていたのだと思う。それだけではなく、言葉を紡ぎ、幾重にも色を塗り重ねて物語を織る魔法、幸福な記憶を自在に呼び覚まし、現実に空想の光をあてて見るという魔法も。

そして、心の中には、ここではないどこか、今ではないいつか、今あるものではない何か、そういうものがパラレルワールドのように存在していたのだとも思う。だから、私たち読者も、森茉莉作品によって、きしむ扉を開け、明治や大正の森の中を彷徨い、そこにある、何ものをも超越したような時と空間の中に入ってゆくことが出来る。深尾須磨子さんのこの詩のように。

読む人は
象形文字の石階を踏み
回廊をめぐり
泉に天体を汲む
星空を一ぱいひろげ
虫たちが
いぶし銀のきぬたを打っている

——深尾須磨子『古典』より

＊　＊

森茉莉の書く世界が暮らしのお手本であり、憧れだったことがある。お酒やスープ・ストックの空壜を洋酒グラスにしたり、ピクルスの空壜を花入れにしたり、進駐軍の払い下げのベッド（森茉莉が描いた下北沢の地図に、進駐軍の払い下げを売っているお店が書き込まれている）で眠ったり……。こうしたことはもう、挙げていけばきりがない。薄っぺらさとは無縁の優雅なるやり繰り、とでも言えばいいのだろうか、エッセイの中にある、あらゆることが森茉莉の言葉であり、森茉莉の考え方であり、森茉莉その人であることに、感嘆のため息をついたものである。

贅沢と貧乏、上品と下品、そんな紙一重のところを、優雅に渡りきる、そのバランス感覚のすごさにも圧倒された。自分自身の「美の世界」の物指しのゆるぎなさにも。一歩間違えば、とんでもないところにしりもちをついてしまいかねないことを、自分自身の「美の世界」の物指しで、見事に渡り切っている。天晴れである。

この文庫に収録した「楽しさのある生活」の中で、「年にしてはおかしいくらい楽しんでいる」その生活の様子について、森茉莉はこんな風に書いている。

自分では特別変わった人間だとも思っていないけれども、自分自身が愉快なようにして暮らし、愉快なように部屋を飾って、部屋で空想を浮かべてみたり（別にスフィンクスの謎やモナリザの謎ではないし、カントやショウペンハウエルの瞑想では尚更ないが）散歩をしたりして、何かしらん想い浮かべたことを書きつける、と言うような生活をしている人は女の中にはことにあまり多くはなくて、周囲の女の人の暮らしと比べてみると、随分変わっているようである。

幼い頃の家庭環境も影響していると思うが、こうしたヨーロッパ的な嗜好や考え方の柔軟さ、どのエッセイを読んでも感じるその偏見のなさ、インターナショナルな思考といったらどうだろう。森茉莉は明治の生まれなのである。

さらには、「私は自分が、傍に好きなものを置いていることが天国のように楽しいことには、大きな幸福を感じている」（「繋がり」より）と書いているように、世間の評価、常識に左右されることなく自分を貫き、自分だけの、自分一個人の美の観念に合ったもの、自分が好きなものと生きてゆくというゆるぎない気持ちを持っていたことにも驚いてしまう。

人生は楽しいいし、寝転んで眺める窓外の空は青く晴れている。そうした「自分所有可能の幸福」を森茉莉は心から味わい、楽しむ。たとえ不幸なことがあったとしても、そこにはすばらしい贈物が隠されていることを知っているから、慌てふためいたりはしない。そんなすてきな人生処方、そうして処方された人生の楽しさ、美しさ。森茉莉は、現代のママたちが教えてくれない暮らし方やものの見方、生き方等、たくさんの大切なことを教えてくれる。

森茉莉コレクション三冊目となるこの文庫は、森茉莉の人生・インテリア・雑貨を中心に編んだものだが、全集や単行本未収録の原稿も多く収録している。多くの読者の方にとって「はじめまして」のこうしたエッセイも、すこぶる面白いと思う。大いに楽しみ、「本当の幸福」という光る宝石を見つけ、人生の宝物にしていただきたい。

最後に、光る宝石のふた粒を。

文章技術を磨くなんて無駄なことをする前に、奇麗な空を眺めなさい、素敵な景色を見つけて散歩しなさい、美しい文章に触れなさい、そしてそれらすべてのことに素直に感動できるこころを持ちなさい（略）。（「やわらかな気持ちでよい文章と暮らす」より）

不幸が来たなら、驚かないで、その手から「ほんとうの幸福」という、光る宝石を受取らなくてはならない（「真直ぐの道」より）

解説　ひたむきに楽しんだ人

松田青子

小さな頃、私は児童文学や絵本に夢中な子どもで、もう一つ名前を持っていた。外国の童話に出てくる、きれいだと思った言葉をファーストネームとラストネームにした、私の頭の中に住む、異国の女の子の名前だ。恥ずかしいので死んでも言いたくないが、いまだにその名前をはっきり覚えている。それは、もう一人の私だった。よく彼女のことを想像していた。

同様に、屋根裏部屋にも憧れていた。団地からマンションの五階に引っ越した後、はじめて自分の部屋ができたのだが、中学生の頃の私は一時期、その部屋を屋根裏部屋として生活していた。自分の部屋から出るとすぐに廊下だったのだが、頭の中では梯子で下りていた。壁や棚にガラス細工や小物、ポストカードなどを飾りつけては、静かに喜んでいた。

けれど、歳を取るにつれて、こういう行為は世間では幼稚らしいということに気づかされたし、いつまでもこのままでは駄目らしいということもわかり出していた。気づいていたし、わかっていたが、自分には自然なことだったので、いまいちやめ方がわからなかった。

そんな十代の終わりか二十代のはじめに、私は自分のことをマリアと呼ぶ、不思議な女の人の文章に出会った。

「マリアは貧乏な、ブリア・サヴァランである。」

という一言ではじまる『貧乏サヴァラン』を読んでいる時の私の気持ちは、今思えば、困惑に近いものだった。これまで読んできた文章の中でも特に異質なオーラを放っていたし、書いてあることも、ほかの大人たちとなんだかぜんぜん違うのだ。この一冊でもう、森茉莉は私にとって特別な人になった。

彼女は、「ほんものの贅沢」というエッセイの中で、「だいたい贅沢というのは高価なものを持っていることではなくて、贅沢な精神を持っていることである。容れものの着物や車より、中身の人間が贅沢でなくては駄目である。」と贅沢を定義し、「中身の心持が贅沢で、月給の中で楽々と買った木綿の洋服（着替え用に二三枚買う）を着ているお嬢さんは貧乏臭くはなくて立派に贅沢である。」と書いた。そして、彼女が日々実践している贅沢について、書いて、書いて、書いた。そのディテールには、魅力というより、魔力があった。

「夏は高くない麻の襟をかけ流し（一度で捨てる）にする、それが贅沢である。貧乏な私がタオルや、一本の匙に贅沢をする、空壜の薄青にボッチチェリの海を見て恍惚とする。これは「贅沢貧乏」である。戦後贅沢貧乏をやってみて、今の私は「贅沢」より「贅沢貧乏」の方が好きになった。金を使ってやる贅沢には創造の歓びがない。」

質実剛健な暮らしということではない。近所の氷屋で調達した氷で情熱を込めてつくるアイスティー。コートやスーツは買えなくても、タオルや靴下に凝る。小さなことにとことんこだわる。料理はベッドの上でする。テレビや雑誌や社会の価値観が提示する贅沢はお金持ちにしか手が届かなかったり、高尚すぎたりしたけれど、彼女の贅沢は、今すぐ私ができること、というかもしかして私、もう実践してないか、と思えるところがあって、楽しかった。彼女の自由な精神は面白かった。いつだって、私は面白い女の人の書くものが好きだ。

後になって、彼女がこれらの自由で面白い文章を書いた時の年齢を知って驚いた。それはそれまで私が知っていた、人間の歳の取り方ではなかった。彼女を実際に知っていた人たちが、彼女の部屋は足の踏み場もないゴミの部屋だった、というようなニユアンスの証言をしているのを読んだ時は、彼女が細かく描写していた部屋の印象とあまりに違うので、本当に戸惑った。彼女の目に見えていたものと、現実のギャップを考え、どれだけ彼女の想像力と価値観が確固たるものだったかを思った。

今回、彼女の文章をいろいろと読み返してみて、彼女の自由な心と「贅沢貧乏」はやはり偉大な発明であり、たくさんの読者の心を救っただろうと、当時の私が理解していた以上に理解できた。年齢的には大人になったばかりのその頃の私で言えば、大人になっても、老女になっても、少女の時の精神をそのまま守り続けた人がいる、そういう大人もいる、そうやって生きてもいいのだ、と何か勇気のようなものを与えられたのだと思う。頭の中のもう一つの名前を、消すことなんてないのだと。

彼女は、「楽しむ人」というエッセイを「私が若い女の人たちに言いたいことは楽しむ人になってもらいたいことだ。」とはじめ、世間の流行や価値観について触れた後、こう続ける。

「そういうものはほんとうの楽しさではない。皮膚にふれる水（又は風呂の湯）をよろこび、下着やタオルを楽しみ、朝おきて窗をあけると、なにがうれしいのかわからないがうれしい。歌いたくなる。髪を梳《す》いていると楽しい。卵をゆでると、銀色の渦巻く湯の中で白や、薄い赤褐色の卵がその中で浮き沈みしているのが楽しい。そんな若い女の人がいたら私は祝福する。」と書いた。時代を超え、日々を自分の好きなかたちで楽しむことを知っている人は皆、森茉莉の子どもたちである。

それにしても、裕福な幼少期を過ごし、元夫とのフランス生活を経験したのに、いざお金が尽きたとなったら「贅沢貧乏」に切り替えられたことが、つくづく彼女らしい。すべては、「楽しむ」というポイントに集約されていたのだ。

「私は別に自慢をする訳ではないが、どうやら生まれつき楽しむことが上手に出来ているらしい。それはえらいからでも、すぐれているからでもなくて、むしろぬけているからと言う方が当たっているようである。年にしてはおかしいくらい楽しんでいる。」（本書「楽しさのある生活」）

夫と離婚し、父の印税を取得する期間が切れ、五十歳を過ぎて物書きになってから、彼女の「楽しむ」は、家の内側から、世界、に拡大されたのではないだろうか。「モオパッサンの小説の挿絵を連想させる洋服」を着ている黒柳徹子をテレビで見て、「ハリエット・ヴァイニング夫人」というキャラを即座に妄想し、物語をつくったという、『贅沢貧乏のお洒落帖』に登場するエピソードなど、幼少期に豪華な西洋人形で遊んだ日々を、実在する人間でやってみているだけのことのような気がする、彼女にとっては。世界は、彼女が楽しむためのおもちゃであり、だから彼女はおもちゃで最後まで楽しんだ。

ある新聞に掲載された彼女の死亡記事に、「孤独な死」と書かれているのを見たことがある。でも、彼女の書いてきたものが、それをきっぱりと否定している。

初出一覧

第一章　楽しさのある生活——贅沢貧乏のインテリア

楽しさのある生活　「婦人生活」一九六一年五月号
硝子の多い部屋　「三田文学」一九七六年八月
好きな場所　「風景」一九六八年九月号
森の中の木葉梟　『森茉莉全集』第七巻所収、筑摩書房
ぜい沢は自分の気分で出せる　『月刊 Cook』一九七一年四月号、千趣会
エレガンスを考えよう　『カネボウ BELL』一九七四年九月号
大変な部屋　『森茉莉全集』第七巻所収、筑摩書房
大掃除とはどんなことをするもの？　「潮」一九七一年一二月号、潮出版
ふに落ちない話　『森茉莉全集』第三巻『私の美の世界』所収、筑摩書房
幻想の家、西洋骨董店　『森茉莉全集』第三巻「私の美の世界——補遺」所収、筑摩書房
夢の日　『森茉莉全集』第一巻『靴の音』「降誕祭の夜」所収、筑摩書房
幸福はただ私の部屋の中だけに　『森茉莉全集』第一巻『靴の音』「降誕祭の夜」所収、筑摩書房
「ブリュウジュ・ラ・モルト」（死都ブリュウジュ）の日　『森茉莉全集』第一巻『靴の音』「降誕祭の夜」所収、筑摩書房
市井俗事　「美しい暮しの手帖」一九五三年九月号、暮しの手帖社

庭　『庭づくり新入門』所収、一九六五年、誠文堂新光社
記憶の中のアンセクト達　「インセクタリウム」一九八一年二月号、財団法人東京動物園協会
魔の季節　「服装」一九六二年四月号、婦人生活社

第二章　書くことの不思議な幸福

書くことの不思議な幸福！　「主婦と生活」一九六五年一一月号、主婦と生活社
やわらかな気持ちでよい文章と暮らす　とらばーゆ編集部編『ちょっと手の内拝見』所収、一九八七年、知的生きかた文庫、三笠書房
カッコイイ　ぴったりくる言葉　「展望」一九六九年五月、筑摩書房
樂しみよ、今日は　新聞よ、さようなら　「話の特集」一九六九年七月号、話の特集
事実と空想の周辺　『書斎の復活』所収、一九八〇年四月、ダイヤモンド社
漱石のユウモアは暗い小説の中にも　「本の本」一九七六年八月号、ボナンザ
楽しい本　「本の本」、一九七六年一一月号、ボナンザ
一点書評「或る生」　「週刊文春」一九七九年三月二九日号、文藝春秋
「新刊展望」アンケート　「新刊展望」、一九六六年一一月号、日本出版販売
樹や花、動物は一緒　『森茉莉全集』第八巻所収、筑摩書房
モイラのことで頭が一杯　「波」一九七二年一二月号、新潮社

第三章　私の好きなもの――贅沢貧乏の雑貨
椿　『森茉莉全集』第八巻所収、筑摩書房
奈良の木彫雛　『森茉莉全集』第七巻所収、筑摩書房
雛の眼　『森茉莉全集』第一巻『濃灰色の魚』所収、筑摩書房
猫の絵草紙　『森茉莉全集』第八巻所収、筑摩書房
与謝野晶子　『森茉莉全集』第五巻所収、筑摩書房
古典的人形　『森茉莉全集』第七巻「ドッキリチャンネル」所収、筑摩書房
(二つの西洋人形)　『森茉莉全集』第七巻「ドッキリチャンネル」所収、筑摩書房
(英国製のクラシック・ドール)　『森茉莉全集』第七巻「ドッキリチャンネル」所収、筑摩書房
千代紙　『森茉莉全集』第七巻「ドッキリチャンネル」所収、筑摩書房
扇　『森茉莉全集』第七巻「ドッキリチャンネル」所収、筑摩書房
切り抜き魔　『森茉莉全集』第三巻「私の美の世界」所収、筑摩書房
鋏　『森茉莉全集』第七巻「ドッキリチャンネル」所収、筑摩書房
(父の原稿紙)　『森茉莉全集』第七巻「ドッキリチャンネル」所収、筑摩書房
まり子の鳩　『森茉莉全集』第七巻「ドッキリチャンネル」所収、筑摩書房
私の大好きな陶器　『森茉莉全集』第七巻所収、筑摩書房
(花森親分の贈り物)　『森茉莉全集』第七巻「ドッキリチャンネル」所収、筑摩書房
匙　『森茉莉全集』第七巻「ドッキリチャンネル」所収、筑摩書房

小さな原稿紙とボールペン　『森茉莉全集』第七巻所収、筑摩書房
本郷通り　『森茉莉全集』第一巻『靴の音』「降誕祭の夜」所収、筑摩書房
部屋の中　「ノラ」第二号、一九七七年八月号、婦人生活社
繋がり　『森茉莉全集』第七巻所収、筑摩書房

第四章　人生の素晴しい贈物

私の直感　「装苑」一九六六年一一月、文化出版局
一九五八年　「月刊保険評論」一九五八年一月号、保険評論社
男のうそ、女のうそ　「いんなあとりっぷ」一九七三年一〇月、いんなあとりっぷ社
ピストル　車　電氣家具　「話の特集」一〇〇号記念臨時増刊号（一九七四年）、話の特集
ガサついた美の世界――どこか狂っていないか　「産経新聞」夕刊、一九六七年年五月九日、産経新聞社
おかしな講演　「青春と読書」一九七六年八月号、集英社
〝少し歩きましょうか〟の時代について　「婦人画報」一九六二年一〇月号、婦人画報社
明治と西洋　「太陽」一九六八年一二月号、平凡社
下町　「都市」一九七〇年四月号、都市出版社
歴史を習った効果　「歴史読本」一九六六年三月号、人物往来社
シャーロック・ホオムズ　「本の本」一九七六年六月号、ボナンザ
再会した裸の女たち――モジリアニ名作展をみて　「三彩」二三二号、一九六八年七月号、

日本美術出版
夏と私　『森茉莉全集』第八巻所収、筑摩書房
思った事　『森茉莉全集』第八巻所収、筑摩書房
真直ぐの道　『森茉莉全集』第八巻所収、筑摩書房

・本書『幸福はただ私の部屋の中だけに』は作家・森茉莉の作品から、編者の早川茉莉が人生・インテリア・雑貨に関するエッセイを編んだオリジナル・アンソロジーです。
・文庫化にあたり、それぞれのエッセイの初出の雑誌、『森茉莉全集』全八巻（筑摩書房）を底本としました。
・各作品の文字遣いには表記の揺れがありますが、この文庫では読みやすさを考慮し、固有名詞の表記はそのまま、旧かな遣いと新かな遣いの揺れは新かな遣いに統一、漢字は作品の表記どおりところどころ正字を用いています。
・「ドッキリチャンネル」から収録したエッセイのうち、見出しがないものにつきましては、便宜上、編者がつけ、（　）を付しました。
・また、ところどころにルビを補いました。
・本書には、今日では差別的ととられかねない表現がありますが、作者が故人であることと、執筆当時の時代背景を考え、原文のままとしました。

ちくま文庫

幸福《こうふく》はただ私《わたし》の部屋《へや》の中《なか》だけに

二〇一七年四月十日　第一刷発行
二〇二五年三月十日　第六刷発行

著　者　森茉莉（もり・まり）
編　者　早川茉莉（はやかわ・まり）
発行者　増田健史
発行所　株式会社　筑摩書房
東京都台東区蔵前二―五―三　〒一一一―八七五五
電話番号　〇三―五六八七―二六〇一（代表）
装幀者　安野光雅
印刷所　株式会社精興社
製本所　株式会社積信堂

ISBN978-4-480-43438-8 C0195